À Magniongui,
un enfant est né

Écrire l'Afrique

Collection dirigée par Denis Pryen

Romans, récits, témoignages littéraires et sociologiques, cette collection reflète les multiples aspects du quotidien des Africains.

Dernières parutions

Michèle MALDONADO, *La bonne parole, Une coopérante en Afrique anglophone,* 2016.
Abderahim AHMAT, *Un parcours difficile,* 2016.
Joachim OLINGA, *Les métis de ma mondialisation,* 2016.
Henri MOUTOUBE, *Les Scieurs de Branches, Un manager dans l'engrenage infernal du monde professionnel,* 2016.
Emmanuel GOUJON, Clotilde RAVEL, Héloïse VOISIN (dir.), *Eclats d'Afriques, Nouvelles,* 2016.
Lulla Alain ILUNGA, *Quand le maïs devient chaud,* 2016.
Maximin Beugré GNADJRO, *La Dérive du Nénuphar,* 2016.
Gilbert GBESSAYA, *A deux dans la cabane*, 2016.
Philippe MPAYIMANA, *Rwanda, regard d'Afrique.* Only forward looking, 2015.
Adélaïde MUKANTABANA, *L'innommable Agahomamunwa*, 2015
Nicole FAUCON-PELLET, *Je viens du jardin des cafés, Une vie éthiopienne*, 2015
El Hadji DIAGOLA, *Merci, les femmes !*, 2015
Paterne BOGHASIN, *La ruine et la malédiction*, 2015
Jean-Baptiste BOKOTO APANDA, *Une histoire de violences, Je suis Charlie au Congo*, 2015
Jean DUBUS, *Là-bas, entre terre et ciel*, 2015.
Fred JULIANI, *Contes et mécomptes d'Afrique et d'ailleurs*, 2015.
Jean-François Sylvestre SOUKA, *Madame Gentil*, 2015.
Thierry VUNOKA, *Héros anonymes*, 2015.
Jérémie MULIKARE, *La vie des pygmées Batwa au Rwanda*, 2015.
Irène ASSIBA d'ALMEIDA et Sonia LEE, *Essais et documentaires des Africaines francophones. Un autre regard sur l'Afrique*, 2015.

Lucien BALOSSA

À Magniongui, un enfant est né

Roman

L'Harmattan

5-7, rue de l'École-Polytechnique ; 75005 Paris
http://www.harmattan.fr
diffusion.harmattan@wanadoo.fr
harmattan1@wanadoo.fr
ISBN : 978-2-343-08935-5
EAN : 9782343089355

Un sage prit la parole et dit : « ... La plupart des malheurs de l'humanité viennent du fait que bien des hommes, surtout ceux qui exercent le pouvoir et possèdent la richesse, ne se sont jamais interrogés sur la signification de leur existence. Ils vivent suivant la pente de leurs pulsions et leurs besoins matériels... »
Et un autre dit : « La difficulté vient du fait que nous confondons bien souvent cette faim et cette soif de notre âme avec celles de nos désirs sensibles... »

L'Âme du monde par Frédérique LENOIR

Chapitre I

Un samedi matin, le jour du grand marché, à la lueur de l'aube, ma'a Kiminou se réveilla brusquement. Elle avait des maux de dents, de tête et des courbatures dans tout le corps. Elle était fatiguée par une grossesse déjà avancée ; elle en était presque à son neuvième mois. Toute la journée elle avait ressenti une légère fièvre, comme un début de paludisme dont elle tentait de se débarrasser en buvant à petites gorgées une infusion à base de quinquéliba. Elle avait aussi cette rage de dents qu'elle essayait de calmer en se rinçant la bouche à l'eau chaude bien salée, selon une méthode utilisée dans le village. Elle ne s'était contentée que de cela, sachant que dans son état actuel, il ne fallait pas abuser de médicaments.

Ma'a Kiminou n'avait donc pas pu faire correctement la sieste dans la journée. Et cette nuit-là, dès qu'elle eut sommeil, elle s'endormit profondément mais pas longtemps. Très vite, à peine quatre heures plus tard, ce fut le réveil avec cette douleur qui la tint ensuite éveillée. Il lui fallait vraiment faire quelque chose. Elle se leva lentement et enjamba son mari qui dormait profondément, en évitant de le bousculer. Leur lit, un peu coincé vers le mur, faisait face à la grande fenêtre par laquelle on pouvait apercevoir d'innombrables cases, la grande place du village, et tous les véhicules qui y entraient ; la deuxième fenêtre, à droite du lit, faisait face à la porte qui amenait au salon. Elle se tint là, debout devant son lit avec la tentation de le réveiller, puis finalement, s'assit sur le bord du lit, souffrant horriblement. Elle gémissait doucement pour que cela ne s'entende pas, d'autant plus que ses filles dormaient dans la chambre juste à côté. Un petit local d'environ un mètre cinquante de largeur séparait les deux pièces. Il y avait deux petites portes qui se faisaient face, l'une donnant accès dans la chambre des parents et l'autre dans la chambre des filles. Il était donc aisé de se rendre de l'une à l'autre. L'accès de la chambre parentale était toutefois interdit par une fermeture de l'intérieur. Et quand on y accédait par la porte des parents, on avait : à droite deux grands paniers d'osier servant à ranger le linge, l'un pour le linge propre, l'autre pour le sale ; à gauche une douche intérieure sommaire qui occupait le tiers du local ; elle avait été surélevée par un muret qui empêchait l'eau du bain de se déverser dans la maison et qu'il fallait enjamber pour se laver. Une étroite fenêtre laissait entrer de la lumière, et un simple tuyau de fonte permettait d'évacuer l'eau qui rejaillissait dans la cour arrière. Cette petite douche n'avait en fait pas lieu d'être dans le village. Elle fut prévue au cas où une personne honorable visiterait la région et, pour une raison quelconque, aurait besoin d'y passer la nuit : alors l'eau serait acheminée depuis la rivière la plus proche dans des seaux.

Kiminou, souffrante et gémissante, était assise sur le bord de son lit, hésitant encore à réveiller son mari. Elle le regarda une dernière fois avant de se décider à faire quelque chose. Il dormait à poings fermés en émettant un ronflement ponctué de sifflements ; son labeur de la semaine l'avait visiblement éreinté. Un filet de bave coulait du coin de sa bouche entrouverte et se répandait le long de sa joue droite jusque sur l'oreiller.

Il semblait exténué ; toute la semaine, il se consacrait à ses tâches de cultivateur et de berger. Même aidé par ses fils, cette double occupation demeurait bien lourde. Les dames, sa femme et ses filles, donnaient aussi de leur temps en débroussaillant, en semant et en moissonnant ; de quoi alléger son fardeau.

Ma'a Kiminou hésitait donc à le réveiller, puisqu'il devrait bientôt se lever, se préparer et aller vendre sur le marché avec les enfants. Elle avait ce souci de le ménager pour la journée. Et d'ailleurs, qu'aurait-il bien pu faire si elle l'avait réveillé ? N'était-ce pas elle qui passait pour être le médecin de la famille ? Elle prit la résolution de prendre des comprimés pour calmer ses douleurs. Sortant de sa chambre, elle s'avança à petits pas vers le salon. Elle marchait lentement en prenant soin de ne pas trébucher. Il faisait encore un peu nuit. La faible lueur du jour naissant était loin de pouvoir éclairer la maison. Cependant l'idée de prendre la lampe luciole ne lui vint pas à l'esprit.

Cette maison formait un grand carré. Elle passait pour être moderne dans un village ne renfermant que des cases. C'était la maison du chef de village. Il la voulait différente de l'habitat de ses sujets, essentiellement constitué de petites cases carrées et recouvertes de paille ; la cuisine se faisait à l'air libre.

C'était une maison faite de briques d'argile au toit conique recouvert de tôles ; puisqu'il n'y avait pas encore de plafond, on entendait très bien les bruits, même légers, provenant de l'une ou l'autre chambre. C'était sans doute pour cette raison qu'elle prenait des précautions afin que ses enfants, ses filles, ne l'entendent pas gémir.

Leur maison n'était pas d'une beauté apparente, mais elle était digne d'un chef de village. La grande porte d'entrée donnait directement sur le salon. Il y avait là sur la gauche une armoire d'environ quatre-vingts centimètres de hauteur qui semblait s'allonger jusqu'à presque toucher le mur de la chambre des parents. On y rangeait tout ce qui appartenait au chef de famille, comme de vieux journaux ramenés de la capitale pour nourrir ses fantasmes, des gobelets dont il se servait pour boire de l'eau ou du vin de palme lorsqu'il recevait des invités... C'était une vieille armoire dont un côté n'avait plus de porte et demeurait constamment ouvert tandis que l'autre pan était méticuleusement fermé à clé, même si tous savaient qu'il ne contenait rien d'important.

Tous les meubles de la maison, ceux du salon ainsi que ceux de la salle à manger, étaient vétustes ; mais c'était ici un luxe d'en posséder et seul le chef du village pouvait se l'offrir. Il se prévalait donc d'être le seul en mesure d'accueillir ses compatriotes ou les visiteurs dans un cadre adapté et privilégié. Et c'était là, dans son salon, qu'il recevait les autorités qui venaient de la capitale pour mener campagne à la veille des élections afin de s'assurer de leurs votes. Il leur offrait à boire du vin de palme et ensuite les conduisait ostensiblement pour effectuer le tour du village. Dans ces moments-là, il considérait son village comme n'étant pas le moindre et en parlait avec une grande fierté. Il racontait comment il y recevait des commerçants pour négocier discrètement des affaires. Il parlait de sa gestion des problèmes du village et de ses projets d'avenir pour celui-ci, afin de solliciter leur aide. Il faut dire qu'il se considérait comme étant celui qui avait introduit une nouvelle gouvernance dans le village ! Ce n'était pas la manière de faire de ses prédécesseurs qui n'avaient pas su établir une hiérarchie. Avant, on ne pouvait différencier le chef du village de ses sujets. Ils mangeaient tous assis sur un banc, l'assiette à la main. Leurs femmes et enfants mangeaient sur une natte ou sur un pagne, et se faisaient servir directement à la main.

En entrant donc dans la maison du chef du village, on avait à gauche cette armoire et un peu plus à droite, vers la fenêtre, le salon. On y comptait quatre fauteuils : deux mis côte à côte faisaient face à la fenêtre ; les deux autres étaient placés de part et d'autre. Entre eux était disposée une table basse rectangulaire en bois. La fenêtre était exactement en face de la porte qui ouvrait sur la chambre parentale. Il fallait traverser le salon pour accéder à la salle à manger. C'était une pièce d'environ le tiers du salon. Elle était rectangulaire et l'on y avait prévu, dans le prolongement du mur qui la séparait du salon de part et d'autre, deux murets d'un mètre de large sur un mètre cinquante de hauteur environ, avec deux surfaces en forme d'escalier qui servaient d'étagères. La fenêtre du salon était cette fois-ci dans l'axe de la chambre des filles. Ainsi la chambre des parents donnait-elle directement sur le salon tandis que celle des filles permettait d'accéder à la salle à manger.

Ma'a Kiminou, sortant de sa chambre, traversa le salon et se rendit dans la salle à manger. Derrière la table rectangulaire placée à côté de la fenêtre et ses six chaises en bois brut presque ancien, on trouvait un vieux buffet qui ne contenait quasiment plus rien. La jeune femme y rangeait quelques assiettes et couverts. Au-dessus du buffet, une antique pendule habillait le mur. Les aiguilles ne tournaient plus. Cela faisait bien longtemps qu'elle indiquait l'heure du dîner : dix-neuf heures, comme si elle les invitait chaque jour à ce moment délicieux. Ce trésor avait une histoire. Le grand-père de Kiminou l'avait acquis auprès d'un colon qui vivait jadis dans la région. Il avait fait l'objet d'un troc. L'aïeul l'avait laissé en héritage à son fils aîné. Kiminou, pas encore bien réveillée, regarda comme à l'accoutumée dans un coin à gauche sur la première étagère, car c'est là qu'elle conservait habituellement ses médicaments. Presque tous ici - c'était également le cas pour les personnes qui vivaient en ville -, avaient recours à l'automédication. C'est ainsi que sur la base de quelques symptômes l'on gobait des médicaments sans trop se soucier des conséquences que cela pouvait avoir sur la santé. Les ayant trouvés, elle décida d'aller se servir de l'eau pour les avaler. Elle traversa le petit local qui jouxtait en longueur la salle à manger ; on y conservait toutes les provisions en nourriture de la maison. Quelquefois aussi y étaient entreposés les ustensiles de cuisine et les assiettes propres dont on se servait au quotidien, et même de la marchandise prête à être vendue. Ce local dans une maison moderne aurait pu servir de cuisine ; c'était d'ailleurs prévu pour en devenir une. Elle sortit de la maison par la deuxième porte, se retrouvant ainsi directement à l'extérieur devant la cuisine.

Ses filles qui avaient le sommeil léger se réveillèrent presque au même moment. Elles avaient entendu un très léger bruit et cherchaient à en découvrir la provenance. La plus jeune, qui dormait du côté de la fenêtre, se retourna vers sa sœur aînée allongée face à la porte. Elle releva un peu la tête pour voir et bien s'assurer que ce n'était pas elle qui ronflait. Au même moment, elles sentirent leurs regards réciproques. Malgré la faible lueur matinale, elles étaient convaincues qu'elles se regardaient. La sœur cadette fut la première à parler :

– Tu ne dors pas ?

– Non ! Je me suis déjà réveillée ; j'ai cru entendre du bruit. Je crois que cela vient de la salle à manger, c'est sûrement maman qui doit être déjà debout, comme d'habitude.

– Mais à cette heure-ci ? s'étonna la petite sœur.

Au village, on avait la notion de l'heure quel que soit le temps, sans porter de montre.

– Ah ! Non ! Elle ne doit pas nous faire ça, surtout dans son état, s'inquiéta l'aînée. Va voir ce qu'elle fait et dis-lui d'arrêter, nous le ferons à sa place, j'arrive de suite, continua-t-elle.

La plus jeune se leva promptement, s'habilla, ensuite elle partit rejoindre sa maman.

– J'arrive ! Ne laisse pas maman toucher à quoi que ce soit, insista sa grande sœur.

Chapitre II

Une longue journée s'annonçait car c'était le jour du grand marché. Elles devaient se lever très tôt, faire le ménage et la vaisselle de la veille et apprêter les marchandises qu'elles emporteraient au marché. Après, il fallait réchauffer les restes du repas de la veille afin que toute la maisonnée déjeune avant de s'en aller. Mais là, il était encore trop tôt.

Le petit déjeuner au village se prend avec de la nourriture consistante, comme celle du midi ou du soir. Ainsi lors du dîner, on ajoute généralement à la ration une part pour le lendemain matin. S'il arrive qu'il n'y ait pas de restes, les femmes se lèvent plus tôt pour apprêter un repas ou encore l'anticipent tard le soir avant d'aller se coucher. Et on fait de même pour « la pause repas « à midi au champ ou au travail.

Les filles étaient habituées à se réveiller très tôt. Elles étaient éduquées pour veiller plus tard sur leurs propres familles. Ce léger bruit matinal provoqué par leur mère n'avait donc pas échappé à leurs oreilles.

La plus jeune sortit de la chambre. Ne voyant personne dans la salle à manger, elle progressa vers le salon, jeta des regards alentour, mais ne perçut aucun signe de vie.

Elle avait au creux d'elle une angoisse. C'était comme un mauvais pressentiment, car les liens avec leur mère étaient forts. Celle-ci était déjà sortie de la maison et s'apprêtait à entrer dans la cuisine. La jeune fille pressa le pas.

La cuisine était située à environ quatre mètres de la grande maison. Elle n'était pas à proprement parler une cuisine, mais elle se prêtait à cela en cas d'intempérie, et on l'appelait « la cuisine ». Il s'agissait d'un compartiment d'une petite maison au toit en pente et bâtie en briques d'argile. Elle aurait dû comporter trois compartiments, mais elle était inachevée, deux seulement avait pu être bâtis, et il n'en restait que la finition. Cette dépendance permettrait de loger le fils aîné de la famille quand il serait grand et même lorsqu'il se marierait, en attendant qu'il ait les moyens de bâtir sa propre maison. Cependant l'autre compartiment faisait office de chambre d'amis. On y logeait des membres de la famille et quelques hôtes de passage.

En entrant dans la cuisine, ma'a Kiminou tenait dans sa main un gobelet propre qu'elle avait saisi au passage. Elle se dirigea vers l'angle où étaient entreposées les jarres dans lesquelles on conservait de l'eau potable. Elle se pencha, se servit, puis se releva pour boire. Ce mouvement lui fit davantage mal à la tête. Elle avala rapidement les médicaments sans même penser à se mettre quelque chose sous la dent ; ce qui est fortement déconseillé. Là, elle ressentit une secousse. L'enfant qui était en son sein fit la même expérience. Elle perdit l'équilibre. Elle voulut parler, crier, appeler à l'aide, mais aucun mot ne sortit. Elle sentit le sol se dérober sous ses pieds et s'écroula lourdement. C'est à ce moment-là que survenant dans la cuisine, sa fille cadette la retint de justesse, évitant ainsi une chute qui aurait pu être lourde de conséquences dans son état.

Ses filles avaient eu beaucoup de mal à la convaincre de se reposer. Ainsi avaient-elles pris la résolution de se lever tôt, avant même leur mère qui se réveillait toujours la première pour vaquer aux tâches ménagères, sauf si elle était alitée. Il fallait anticiper pour lui assurer un bon accouchement. Elles ne le savaient que trop bien, leur maman était une femme forte qui n'aimait pas rester les bras croisés à ne rien faire. C'était une personne très active, comme du reste toutes les autres femmes du village.

Ces dernières, même à un âge avancé, sont debout au petit matin. Jamais elles ne traînent au lit. Il y a toujours quelque chose à faire dans leur maison. Elles sont très souvent sollicitées pour leur savoir-faire, pour leur esprit d'entreprise et leur ténacité. Lorsqu'elles ne sont pas aux champs, il n'est pas rare qu'on les voie debout en train de toucher, de faire, de refaire ou de finaliser, et ça les fait vivre.

Ainsi était ma'a Kiminou. Son humilité et sa promptitude lui procuraient en outre beaucoup de respect de la part des autres villageois. Elle se levait très tôt. Dans la journée ou bien la nuit lorsque c'était nécessaire, on la voyait prodiguer des conseils et encourager des personnes autour d'elle.

– Le sel n'a pas pris, il faut en mettre encore un peu.

Et ce disant, elle ajoutait elle-même le sel. Elle goûtait et faisait goûter à l'enfant qui était chargé de préparer le repas, et qui plus tard connaîtrait la limite du sel acceptable dans la nourriture.

Ou encore :

– Les condiments ne sont pas bien dosés, tu devrais peut-être y ajouter telle ou telle autre épice.

Ou bien :

– La table de papa n'est pas bien mise.

En disant ça, elle refaisait la table avec l'enfant, et plaçait les objets là où ils devaient être, et l'enfant apprenait.

Pour son époux, elle sortait son plus beau service. Quelquefois, elle utilisait même des assiettes, qui pour beaucoup de femmes dans la capitale étaient réservées aux invités. Elle voulait toujours donner une belle apparence à son intérieur et aussi de la considération, car pour elle, le premier invité de son cœur, celui qui comptait le plus, c'était son mari. C'est pourquoi, même si leurs couverts et assiettes de réception avaient vieilli, elle se refusait à lui servir à manger dans des services lambda. Son mari ne mangeait toujours qu'à table et, après seulement, il rejoignait le reste de la maisonnée au *mbongui*, autour du feu. Le bon repas ne se prenait que le soir au *mbongui,* après les champs ; excepté le dimanche, car elle avait imposé à tout le monde de manger à table ; ce qui n'était pas très courant au village. C'étaient des moments privilégiés où elle décorait la table à sa convenance, surtout en s'inspirant des souvenirs qui lui restaient de ses voyages à la capitale. Elle y prenait un grand plaisir. Cela lui permettait de se libérer quelque peu de certaines manières d'être et de faire du village ; de certaines coutumes et habitudes. Ainsi avait-elle su apprendre à ses enfants, surtout à ses filles, comment tenir une maison. Sa rigueur était une belle occasion d'avoir ses enfants toujours près d'elle dans une ambiance familiale, dans le dialogue et les causeries, et d'en profiter pour leur inculquer des valeurs sûres.

Elle avait les yeux partout. Elle vérifiait si ce coin était balayé ou si cet autre endroit était rangé à son goût. En général, si ce n'était pas le cas, elle le faisait ou le faisait faire par un de ses enfants qui n'osait pas se l'entendre répéter deux fois ni même se faire rouspéter par sa mère. Ils aimaient et respectaient leur maman. Elle donnait, pour éviter toute discrimination, du travail à tout le monde ; ainsi elle leur inculquait également le sens du labeur. Elle leur enseignait l'amour du travail et savait aussi les complimenter et leur donner des encouragements, ce qui les amenait à accomplir paisiblement leur tâche. Elle se souciait de tout et vérifiait tout. On pourrait encore énumérer ses qualités et ses bienfaits, mais ce serait tellement long que ce livre ne pourrait les contenir.

Son rôle de mère, de maîtresse de maison et d'épouse n'était pas pour elle un fardeau. C'était une vraie occupation, c'était sa vie. Elle la vivait pleinement. La manière dont elle avait élevé ses enfants dans l'amour du travail, dans le respect de l'autre, de la propreté et de l'ordre, en leur inculquant simplement l'humilité, l'avait aussi beaucoup soulagée. C'était comme si elle y prenait plaisir. Elle appréciait de prendre son repos dans l'après-midi. Oui, dans l'après-midi, elle dormait paisiblement ; même quand elle était au champ. Elle étalait son pagne sur de l'herbe et dormait. Ce n'était plus pour elle une sieste, mais un sommeil profond qui pouvait durer deux à trois heures. Et pendant son sommeil, son mari veillait à ce qu'on ne la réveille pas ; et les enfants y prêtaient attention.

Elle avait toujours des gestes, des réactions, des comportements de mère qui sensibilisaient l'esprit de ses enfants et aussi de son mari. Des façons de faire qui attiraient l'attention et suscitaient l'admiration de son entourage en l'édifiant. Elle en témoignait dans son autorité de mère pleine de douceur, se faisant toujours respecter, intransigeante sur la propreté et l'ordre, même face à son mari, mais aussi très compréhensive. Elle n'ordonnait pas seulement, mais veillait jusqu'à ce que sa demande fût accomplie. Et les enfants et leur papa, à leur tour, lui rendaient cette bienveillance. Ainsi pouvait-on voir le père et ses garçons balayer de leur plein gré, le matin, les environs de la maison, ou bien bricoler à l'intérieur pour mieux optimiser leur espace de vie, procurant ainsi une grande joie à la maman.

Ses filles qui la connaissaient ainsi, avaient jugé bon dans son état actuel de ne point la laisser faire quoi que ce fût. Chaque matin, elles se levaient donc au moindre bruit de pas.

La petite était entrée à son tour dans la cuisine. Elle voyait sa mère de dos et s'imagina un instant qu'elle était en train de travailler. Elle avança tout doucement vers elle pour lui dire ou lui rappeler simplement qu'elle devait se reposer et ne rien toucher. Mais elle comprit que quelque chose n'allait pas bien. Sa mère était en train de perdre ses forces et amorçait une chute. D'un bond, elle fut près d'elle. Elle l'appela d'une voix forte et tremblante : « Maman ! Maman ! »

Elle la soutint de ses petits bras glissés sous ses aisselles, touchant à peine sa poitrine de ses mains, puis se donna toute la force dont elle était pourvue, si jeune encore, pour la ramener et l'aider à s'allonger tout doucement sur le sol. Mais à cause du poids de sa maman, toutes les deux s'écroulèrent par terre. Heureusement aucune tête ne heurta le sol. La jeune fille tomba un peu lourdement sur les fesses et eut mal. Elle s'en sortit aussi avec quelques égratignures sur les coudes. Elle lâcha à temps sa maman pour amortir sa chute en se reculant, afin que la tête de sa mère se pose sur son bas-ventre. Ne pouvant pas ou ne voulant pas se dégager pour garder confortablement la tête de sa maman reposée sur elle, elle se mit à crier très fort. Elle appelait simultanément sa grande sœur et son frère aîné, l'aîné de toute la famille. Et comme la chambre des garçons n'était pas loin de la cuisine, ils finirent par entendre les cris, de même que sa sœur aînée qui s'apprêtait à venir la rejoindre. Entre les cris d'appel qu'elle lançait éperdument, elle ne cessait d'appeler sa maman, espérant entendre sa voix ; ce qui la soulagerait car elle s'inquiétait énormément. Elle lui tapota les deux joues ; mais sans résultat. Sa mère était inconsciente.

La grande sœur s'était levée, avait pris un pagne qu'elle enroula autour d'elle, du mollet jusqu'au-dessus de la poitrine ; au niveau supérieur du pagne, du côté gauche de sa poitrine, net sous ses aisselles, avec deux ou trois coups de poignet, elle avait roulé un peu le pagne sur lui-même pour le retenir sur son corps. Ainsi bien retenu, le vêtement ne risquait pas de tomber à chaque mouvement, préservant parfaitement sa poitrine et tout son corps du regard des autres. Après, elle avait pris un deuxième pagne dont elle couvrit sa partie supérieure, du cou jusqu'à ses bras. Elle était désormais parée et protégée de la fraîcheur matinale. Cet accoutrement laissait les mains libres pour toute activité. Dans un coin du mur, à gauche de la porte de leur chambre, se trouvait une calebasse de terre cuite où elles mettaient un petit bout de liane mâchonné en son extrémité, qui servait à se frotter les dents, ainsi qu'une latte de liane d'à peu près vingt centimètres pour se racler la langue. Elle les prit.

Mais voilà que lorsqu'elle s'apprêtait à sortir de la chambre pour faire sa petite toilette, et se mettre avec sa sœur au ménage, elle entendit un cri strident. Elle sursauta. Laissant tomber tout ce qu'elle tenait dans la main, elle se précipita au-dehors. Elle avait reconnu la voix de sa sœur. C'était un cri de panique. Ce cri, dans le silence du matin, était déroutant.

La chambre des deux garçons avait un mur mitoyen avec celle des filles. Par contre leur porte donnait au-dehors et faisait face aux hôtes de passage. De même la chambre des hôtes et la cuisine se tenaient par un même mur. Ils entendirent aussi bien les cris de leur sœur. C'est la succession de ces hurlements qui les réveilla. Ils se précipitèrent torses nus vers l'extérieur, uniquement revêtus de leur bermuda en tissu de pagne. Ils aperçurent leur sœur qui les précédait dans la cuisine.

Tous s'étaient orientés vers la provenance des cris et des lamentations qui suivaient. C'était la confusion totale. Les deux garçons pensaient qu'il était arrivé quelque chose de grave à leur petite sœur, car c'est sa voix qu'ils entendaient, mais l'aînée, elle, savait que c'était leur mère qui avait un problème. Comme elle était entrée la première, bien que paniquée à la vue de sa mère étalée par terre, elle eut tout de même le réflexe d'enlever le pagne qui lui protégeait la poitrine et de vite recouvrir sa maman, car dans sa chute, le sien s'était relevé, laissant son intimité à découvert.

Les garçons, surgissant à leur tour, se retrouvèrent dans une situation qu'ils auraient espéré ne jamais avoir à vivre. Leur mère bien aimée gisait par terre, inconsciente. Leur sœur cadette était là, pleurant toujours « maman, maman », bientôt suivie par l'aînée. Les deux sœurs ensemble pleuraient de plus belle. Le frère cadet, la tête baissée, ne put retenir non plus ses larmes. D'entendre ses sœurs pleurer et de voir sa mère inconsciente, gisant là sur le sol, l'avaient convaincu qu'elle était morte. Seul l'aîné, crispé tant il cherchait à se maîtriser, demanda à sa sœur ce qui était arrivé à leur maman.

Elle lui expliqua brièvement la situation ; et elle demanda tout de suite après à sa grande sœur de l'aider à se dégager de sorte que la tête de leur mère soit toujours bien retenue, car elle n'en pouvait plus d'être dans cette position. Celle-ci, sans attendre, prit sa place. Pendant que se faisait l'échange, le frère aîné s'était penché sur leur mère pour s'assurer qu'elle était toujours inconsciente, et dit en même temps à la cadette d'aller appeler leur père.

Celui-ci dormait encore profondément. Il n'avait rien entendu de tout ce vacarme. Il était sincèrement fatigué, épuisé par tout le poids des lourdes tâches de la semaine.

La jeune fille entra dans la chambre de son père, sans même frapper. Heureusement qu'il dormait vêtu de son bermuda en pagne cousu par sa femme et son vieux « contre sueur » blanc, devenu presque kaki à force des lavages. Pleurant et criant presque à son oreille « Papa,

papa ! Papa, papa ! », le secouant même par l'épaule, elle finit par le réveiller. Il émergea brusquement de son profond sommeil :

– Hein ! Hein ! Qu'est-ce qui ne va pas ?

Puis il se leva précipitamment. Sans prêter attention au fait que la fraîcheur matinale du village avait bien réveillé sa virilité. D'ailleurs sa fille ne le remarqua pas non plus. Il lui demanda le cœur battant ce qui n'allait pas. Elle s'empressa de répondre tant bien que mal à la question de son père :

– Maman est tombée dans la cuisine, elle ne parle plus. Elle est certainement morte.

C'était une phrase de trop. Cette nouvelle refroidit sa vigueur. La tension était presque à son comble. Là, il reçut comme un grand coup de marteau sur la tête. Il se leva subitement, et voulant se précipiter dehors, il eut un malaise. Sa fille comprit aussitôt, elle le saisit comme elle put pour l'aider à s'asseoir par terre, le dos contre le lit. *Lui aussi, le papa, va-t-il nous faire revivre cette situation ?* pensa-t-elle.

Elle se remit à pleurer de plus belle tout en se parlant à elle-même : « Que nous arrive-t-il aujourd'hui ? Qu'avons-nous fait ? Pourquoi nous ? » Superstitieux comme seuls les villageois savent l'être, elle devait imaginer beaucoup de choses.

Perdre sa maman et ensuite son papa, le même jour, et tout cela à la veille de Noël, était insupportable, et on ne pouvait l'attribuer qu'au diable. Ça ne pouvait être que l'œuvre d'un ennemi invisible. Certainement un sort leur avait été jeté. Elle se précipita dehors, mais avant même qu'elle ne parvienne à la cuisine, son frère aîné qui l'avait entendue se lamenter pitoyablement, criant même de manière inquiétante, vint aux nouvelles. Ils se rencontrèrent, net, sur le seuil de la porte.

Ce qu'elle ignorait, la petite sœur, c'est que, dès qu'elle s'était levée pour aller appeler leur père, la maman avait repris connaissance et ouvert les yeux, elle était revenue à elle. Le frère aîné qui s'était accroupi auprès d'elle l'avait constaté. Sa maman, après quelques clignements d'yeux, le regardait les yeux bien ouverts, assurant ainsi son fils qu'elle était toujours vivante, même si sa bouche était encore bien trop pesante pour articuler un mot. Il s'exclama : « Maman est vivante ! » Il tenta ensuite de la faire parler, mais en vain. Pour les rassurer, dans son air un peu perdu, elle ébaucha un sourire timide. Son petit frère était venu lui aussi s'accroupir tout près de sa mère, question de s'en assurer ; et leur sœur, coincée dans sa position, la tête de la maman toujours posée sur elle, pencha aussi la tête pour scruter le visage de sa mère avec une lueur d'espoir dans les yeux.

Ainsi lorsque la sœur cadette revint en pleurant maintenant : « Papa, papa… », son frère se leva précipitamment et alla au-devant d'elle pour la calmer afin de ne point troubler leur maman qui venait de se réveiller et qui avait encore l'air égarée. Il lui fit signe de se taire en mettant son doigt verticalement sur sa bouche fermée, et lui révéla doucement que leur mère venait de se réveiller ; celle-ci lui souffla à l'oreille que papa était mal, et lui expliqua qu'il s'était lui aussi évanoui près de son lit. Son frère, l'air hébété, lui conseilla de ne point le dire aux autres jusqu'à son arrivée. Sans attendre, il se précipita dans la grande maison. La maman, de la position où elle était, n'avait pas vu cette scène, mais les autres affichaient un air confus ; ils se posaient des questions en silence. *Qu'est-ce qui a bien pu se passer ?* se demandaient-ils. Et surtout, pourquoi leur père n'arrivait-il pas ?

Le petit garçon se releva et alla s'adosser de nouveau contre le mur qui séparait la cuisine de la chambre des visiteurs. Il observait tristement et silencieusement sa mère dont la tête reposait toujours sur les cuisses de sa fille, assise par terre au centre de la pièce. Elle espérait que finalement on la remettrait debout. Allongée en oblique, les pieds vers l'angle de la cuisine d'où elle était partie pour s'affaler par terre, la mère regardait mélancoliquement son petit garçon, le dernier de tous. Elle commençait seulement à comprendre ce qui lui était arrivé. Subjuguée par l'émotion, les larmes embuèrent ses yeux.

Sa fille cadette revint dans la cuisine. Prenant un banc, elle alla s'asseoir loin de sa maman, derrière sa sœur aînée. Son banc contre le mur, elle s'assit le dos courbé, laissant tomber sa tête entre les jambes et fermant ses yeux comme si elle voulait fuir la réalité. Elle croisa les deux mains sur sa nuque, et sanglota doucement, s'efforçant de ne pas attirer l'attention des autres ; ce n'était pas évident, mais personne ne lui tenait rigueur de son chagrin. Les larmes ne pouvant plus glisser le long des joues, tombaient désormais tout droit sur le sol. De temps en temps, des pleurs s'élevaient de manière saccadée, traduisant ainsi l'effort qu'elle se donnait pour ne pas éclater en sanglots.

La maman comprit que sa fille pleurait. Elle aurait voulu la regarder, mais elle ne le pouvait pas, étant donné sa position. Alors elle porta son regard sur son fils, le dernier des quatre. Celui-ci, qui de temps en temps relevait la tête pour sonder son visage, afin de se rassurer sur son état, avait à cet instant la tête baissée. Il semblait perdu dans ses pensées et leurs yeux ne purent se croiser. Ma'a Kiminou, les larmes aux yeux, cherchait désormais ceux de sa grande fille, et cette dernière, qui suivait ses mouvements depuis le début, pencha sa tête vers elle, afin que leurs regards communiquent. Et elles se regardèrent avec insistance. La fille aînée ne bronchait pas et regardait sa mère le cœur gonflé d'émotion et les larmes perlant aux paupières. Ma'a Kiminou ouvrit la bouche pour parler, mais son visage se figea, car elle venait de sentir qu'un liquide coulait brusquement entre ses cuisses. Sa fille aussi nota ce changement de mine. Elle eut une petite angoisse et lui demanda :

– Maman, ça va ?

– Oui ! Ça va !

Enfin elle parlait, et enchaîna aussitôt :

– Où est votre père ? J'ai besoin de lui tout de suite.

– Yaya[1] est allé l'appeler !

La maman se tut, donnant ainsi l'impression qu'elle ne souhaitait parler qu'à son mari. Néanmoins, elle avait prononcé quelques mots, cela mit du baume au cœur de la petite famille. Le jeune garçon ouvrit grandement les yeux et regarda sa mère avec un soulagement évident ; il s'approcha d'elle. Il était maintenant debout auprès d'elle, comme libéré d'une peur qui lui nouait le ventre. Sa mère s'efforçait d'esquisser un sourire et de rassurer ses enfants. La plus jeune arrêta net de pleurer et s'approcha elle aussi

[1]« Yaya » est le terme utilisé pour désigner un aîné, un grand frère ou une grande sœur.

de sa maman. À genoux, elle s'assit sur ses talons à hauteur de son torse pour qu'elles se voient et se parlent. Maintenant, ma'a Kiminou les regardait tous à tour de rôle avec un grand pincement au cœur et une forte volonté de vivre, assez longtemps, pour eux. Elle avait toujours sur les lèvres un semblant de sourire, mais ses pensées étaient ailleurs.

C'est sur ces entrefaites que le père fit son entrée dans la cuisine. Son fils aîné l'avait rencontré pendant qu'il sortait de sa chambre.

Chapitre III

Ta'a Matondo s'était relevé seul de son malaise. Maintenant, il traînait les pieds lourdement comme si le poids de toute la terre pesait sur sa tête, et allait la peur dans l'âme vers sa femme, implorant la grâce de Dieu pour elle. Son fils l'avait pris par le bras, le soulageant ainsi de sa pesanteur mais aussi de son inquiétude en lui annonçant que leur maman avait repris connaissance. C'est ainsi qu'ils entrèrent ensemble dans la cuisine. Il se libéra, avant d'entrer, du bras de son fils. Il ne souhaitait pas qu'on le voie dans cet état de faiblesse. Ta'a Matondo devait toujours être aux yeux de tous un père fort qui conserve son autorité et sa dignité d'homme, même dans des situations difficiles. Mais dès qu'il vit sa femme, et que leurs yeux se croisèrent, il ne parvint plus à cacher l'émotion qui l'envahit :

– Hé ! *Nkéto-mono* ! *Nkéto-mono* !...

C'était fort. Il criait « *Nkéto-mono* », qui littéralement veut dire « la femme à moi », comme pour mettre en garde qui que ce fût ; ce terme avait un sens très profond dans le dialecte de ce village. C'est un mot qui ne s'employait pas n'importe comment, et rarement devant les enfants, sauf dans une situation exceptionnelle de joie ou de malheur comme celle-ci, ou bien quand il s'agissait de présentations. « *Nkéto-mono* », c'est l'équivalent de « ma chérie », mais chargé d'un sens très fort : cette expression témoigne à elle seule toute la reconnaissance de l'homme envers sa femme, rappelant dans ses pensées tous ses bienfaits et le bonheur qu'elle lui procure. Quand l'homme emploie le terme « *Nkéto-mono* », la femme utilise celui de « *Bakala-mono* » qui est l'équivalent.

Lorsque leur père employa ce mot, les enfants comprirent toute sa souffrance, et saisis par cette émotion, ils se mirent tous à sangloter de plus belle, donnant libre cours aux larmes et aux cris longtemps retenus.

Pendant qu'il exprimait sa douleur de voir ainsi sa femme couchée par terre, celle-ci lui fit signe de s'approcher d'elle, car ce n'était plus le moment de larmoyer. Elle voulait lui parler. Les enfants comprirent et par respect, s'écartèrent. Il se mit à genou près de sa femme et se pencha sur elle, son oreille presque collée à sa bouche. Il lui demanda ce qui n'allait pas. Sa femme lui fit comprendre qu'il fallait d'abord que tous les enfants sortent. Le père fit sortir les enfants, sauf sa fille aînée, le temps que l'on ramène une couverture. Celle-ci, rapportée aussi vite que possible, fut pliée et mise sous la tête de la femme, comme un coussin ; ainsi la fille aînée put rejoindre les autres à l'extérieur.

L'homme comprit que ce qu'elle avait à lui dire n'était pas à la portée des enfants. Cela devait être très grave. Il fut soudain pris d'une nouvelle crainte. Les enfants étaient dans le doute. Dehors, ils ne se parlaient presque pas, le cœur était ailleurs. Ils étaient là, debout les bras croisés, dans l'expectative.

Dès qu'ils furent tous sortis, le père put enfin écouter son épouse. Elle lui dit :

– J'ai eu une forte contraction. J'ai senti qu'un liquide coulait sous mes cuisses, c'est certainement la perte des eaux. Je ressens maintenant une succession de contractions qui annoncent la venue de l'enfant.

Or, c'était *après* le marché du matin que ta'a Matondo avait prévu d'accompagner sa femme à la maternité de l'hôpital, dans la capitale. D'après les estimations de la sage-femme, l'accouchement ne devait intervenir que dans près de deux semaines.

Elle lui recommanda de bien regarder sous ses cuisses et de lui dire de quelle couleur était ce liquide. Le papa ne se le fit pas répéter. Il alla vite ouvrir la fenêtre pour avoir plus de lumière ; car il faisait désormais bien jour. Transformé pour la circonstance en gynécologue, il écarta rapidement le pagne dont sa fille s'était servie pour recouvrir la nudité de sa mère et regarda. Effectivement un liquide coulait, mais en profane qu'il était, il ne pouvait exactement en définir la couleur. Il pensait que c'était un liquide un peu jaunâtre, peut-être mélangé avec du sang. Il en fit part à sa femme avec un air sceptique. Comme elle avait plus d'expérience du fait de ses quatre accouchements précédents, elle comprit que l'heure était grave ; le moment était arrivé. Elle le fit comprendre à son mari qui en fut déconcerté.

C'était une femme d'expérience et aussi l'épouse du chef du village ; elle avait soutenu beaucoup d'autres parturientes dans des moments difficiles comme celui-ci. Récemment encore, elle avait joué le rôle de sage-femme auprès de deux d'entre elles qui avaient accouché prématurément. Elle pensait à cet instant que pour une femme comme elle qui avait déjà accouché quatre fois, il s'agissait là d'une question de vie ou de mort. Il fallait qu'elle se dispose moralement et psychologiquement pour mettre son enfant au monde sans l'assistance d'un professionnel de santé. Elle savait que dans des situations similaires, des femmes avaient perdu la vie et quelquefois même leur bébé.

Que faire donc ? pensa ta'a Matondo en sortant de sa torpeur. Il n'y avait pas de dispensaire ou de centre médical dans le village ni dans les environs. Le dispensaire le plus proche se trouvait dans le chef-lieu, à vingt kilomètres du village. Pour y aller, il fallait trouver un camion et entreprendre un voyage sur une route pour le moins chaotique. D'ordinaire, le voyage de Magniongui au chef-lieu durait presque une éternité et il était évident que les circonstances actuelles n'en feraient pas une partie de plaisir.

Elle s'aperçut que son mari était un peu perdu. Il était là, évasif. Elle l'interpella pour qu'il reprenne ses esprits :

– Il faut faire appel à « la maman du village ».

C'est ainsi qu'était nommée celle qui faisait figure de confidente dans le village. Appelée « la maman du village » à cause de sa disponibilité à aider, à soutenir, à conseiller, à encourager et à assister les autres aussi bien dans les moments de joie que dans les malheurs et les difficultés. Elle était la fille aînée d'un guérisseur et s'y connaissait un peu dans ce domaine. De plus c'était une femme courageuse qui par le passé avait assisté ma'a Kiminou lors de l'accouchement de deux femmes du village. Elle pensa en elle-même qu'elle pourrait bien l'aider à accoucher.

Ta'a Matondo ne perdit pas une minute pour exaucer cette demande, car cela pourrait lui épargner une besogne qu'il ne se sentait pas en mesure d'affronter. C'est donc l'air très grave qu'il sortit aussi vite qu'il le put, et se pointa devant son fils aîné. Les autres enfants qui n'étaient pas bien loin se regroupèrent rapidement autour de lui afin de l'entendre aussi, car leur cœur n'était pas véritablement en paix. D'un ton sec, comme s'il avait retrouvé son autorité, celle du chef de la famille, il leur parla. Son visage un peu renfrogné trahissait son inquiétude. Il ne leur cacha pas la gravité de la situation même s'il faisait des efforts pour ne pas en donner les détails. Après quoi il confia à chacun une mission en insistant bien sur son caractère urgent.

À son fils aîné, il intima l'ordre de courir très vite, et de ramener le plus rapidement possible la maman du village ; tandis qu'au dernier fils, le cadet de la famille, il confia la tâche d'aller chercher le guérisseur.

Guérisseur dans ce village était un métier valorisant. Il jouait en quelque sorte le triple rôle de médecin, de chercheur et aussi de pharmacien, du fait de la connaissance qu'il avait des plantes médicinales. Il soignait avec des plantes, et les vendait aussi.

À sa première fille, ta'a Matondo dit : « Va sur la place du marché et trouves-y un des camions qui viennent stationner pour le grand marché. Ramène-moi le chauffeur dans son camion, je vais négocier avec lui. Mais ne lui explique rien. Dis-lui simplement que c'est urgent, que le chef du village a un besoin urgent de son camion. »

Quant à sa deuxième fille, elle fut chargée d'aller ramener son petit oncle, le frère cadet de sa mère.

Après qu'il eut parlé à ses enfants, il rentra dans la cuisine. Il prit place sur un banc de cuisine appelé « *bazébilamba* » et s'assit à côté de sa femme. C'était impensable qu'un homme s'asseye sur ce *bazébilamba.*

Bazébilamba est un nom donné à ce banc de cuisine qui est exclusivement réservé aux femmes. Il ne viendrait à l'idée d'aucun homme qui se respecte de s'asseoir sur ce banc, sauf dans une situation où il ne peut agir autrement. Ceci témoigne de la difficulté de la situation dans laquelle il se trouve, et prouve également que l'homme, même s'il monte - et souvent par orgueil -, se trouvera d'une façon ou d'une autre devant des événements qui le feront redescendre sur terre, question peut-être de lui faire comprendre qu'il n'est pas si différent de son vis-à-vis.

Bazébilamba veut dire aussi « la femme très attentionnée ». On fait référence ici au fait que dans sa cuisine, elle s'installe sur ce banc pour préparer des mets délicieux pour son mari et ses enfants.

Le *bazébilamba* est un siège à l'assise très confortable. On pense donc que la femme s'y assied et se met à l'aise, retenue toujours par le *bazébilamba* dans le souci de mener à bien une bonne cuisson. Elle ne quitte pas sa place, reste assise pour surveiller le repas. Elle ne se lèvera que pour goûter et corriger l'assaisonnement de ses mets et pour donner au final une nourriture succulente à sa maisonnée. Et elle se réjouit d'avoir mis à la disposition de son mari et de ses enfants, voire des invités, une nourriture délicieuse. Une telle femme est l'objet d'une profonde gratitude de la part de son mari, de ses enfants et de ses invités.

Le *bazébilamba* est un banc fait de lianes et de bois. Quatre morceaux de petit bois d'environ cinquante centimètres de long pour trois de diamètre sont taillés vulgairement ; ronds, ils sont croisés en leur milieu et penchés en oblique, chacun dans une direction qui lui est propre. Ils sont fixés entre eux au niveau de leur croisement par des pointes, puis une petite liane est repassée à ce même endroit entre les colonnes plusieurs fois, se croisant sur elle-même pour former une sorte de nœud. C'est à la fois quelque chose d'esthétique qui permet de cacher les pointes et de solide, qui maintient serrés les morceaux de bois ensemble. Ces petits morceaux de bois sont les colonnes du banc. Ces colonnes, en se croisant, forment en leur base un carré. La partie supérieure est destinée à être l'assise du banc. Une grosse latte en bois est fixée latéralement par des pointes sur la partie supérieure des colonnes, formant une assise circulaire. Puis une finition en tissage de liane recouvre cette surface et se resserre jusqu'au niveau du croisement des colonnes. Ainsi ces dernières sont-elles maintenues bien serrées et ne pourront pas bouger lorsque l'on s'assiéra sur le banc.

La fabrication du *bazébilamba* requiert une grande technique. Il faut veiller à ce que l'orientation des pieds lors du croisement assure la stabilité du siège. Le croisement des pieds en quatre directions permet aussi que le siège se maintienne bien sur le sol, quel que soit le poids de la personne assise. Le tissage se fait avec deux lianes de taille et de grosseur différentes. Les tisseurs superposent les rangées de tresses jusqu'à atteindre la dimension souhaitée en veillant à ce que la surface de l'assise soit un peu creuse. C'est pour cela que le derrière de la femme est bien retenu sur le banc quand elle fait la cuisine et surtout quand elle prépare le *foufou*, une sorte de pâte à base de farine de manioc.

Le *bazébilamba* est très pratique lorsqu'on prépare le *foufou*, car pour battre ce dernier, surtout pour une grande famille, tout le corps se met en mouvement, notamment les bras et les reins.

Les mamans, quand elles veulent faire passer un message à leurs filles pour ce qui concerne leur éducation sexuelle, utilisent le plus souvent des symboles. Ainsi se servent-elles de la préparation du *foufou* pour leur expliquer, joignant parfois l'acte à la parole, qu'une femme qui sait préparer le *foufou* sait aussi tenir son homme au lit. Elles font ainsi référence au mouvement de la spatule, battant le *foufou* dans tous les sens, dans toutes les directions, et aussi à la synchronisation qu'il y a avec la rythmique des reins. C'est certainement l'une des raisons qui gênent les hommes pour s'asseoir sur le *bazébilamba*. D'ailleurs, même les femmes interdisent à leurs maris de s'y asseoir, c'est un peu comme s'ils se dévalorisaient en tant qu'hommes.

La farine de manioc ou encore le *foufou* est un aliment de base dans la lignée de la purée et se prépare presque de la même façon, sauf que la farine de manioc a une texture un peu élastique et collante. Les femmes ou les jeunes filles, pour battre le *foufou*, restent bien assises sur le *bazébilamba*. Elles entourent d'un chiffon sale la marmite, redescendue du feu et encore chaude, pour ne pas se brûler les pieds. Elles se mettent en mouvement. Armées de leur spatule, elles battent la pâte, le *foufou.* C'est un plat de résistance qui s'accompagne d'une sauce.

Quand on a une famille nombreuse ou des invités, on dépense beaucoup plus d'énergie et les reins des femmes en prennent un bon coup pour qu'au final on savoure cette délicieuse pâte uniforme, servie en petites boules. Voilà donc pourquoi il faut que le derrière de la femme soit bien retenu sur le banc.

Le *bazébilamba* n'est pas formellement interdit aux hommes, mais l'homme se l'interdit ; et la femme se gêne de voir son homme y poser ses fesses, question de dignité. Elle apprête une chaise ou un banc pour les hommes.

Ta'a Matondo, très fatigué et désespéré, ne fit pas cas de ce banc qui semblait être un tabou, et on ne pouvait décemment pas lui en tenir rigueur. Ainsi, il alla prendre un *bazébilamba.* C'était le seul banc que l'on était susceptible de trouver dans la cuisine. Il alla s'asseoir auprès de sa femme. Il la fortifiait avec des paroles d'espoir et d'encouragement pendant qu'elle était prise dans des contractions qui s'avéraient de plus en plus douloureuses, annonçant certainement l'arrivée du bébé. Sa femme le vit là sous un jour différent. En effet il invoquait plus Dieu que ses ancêtres. D'ordinaire, il baignait davantage dans ses coutumes et traditions que dans la chose purement chrétienne. Elle ne reconnaissait plus celui qui mélangeait ses pratiques animistes et la parole de Dieu de manière abusive, sans discernement. Il se mettait aussi à prier, récitant tantôt *Notre Père qui êtes aux cieux...*, tantôt *L'Éternel est mon berger*. Sa femme, bien que souffrante, l'accompagnait, même si on ne voyait que ses lèvres murmurer et ses dents serrées dans un rictus de douleur.

C'était les deux prières qu'il avait bien mémorisées. Il les psalmodia l'une après l'autre.

Ils vivaient là un moment intense d'introspection et de communication. L'homme comprenait davantage qu'il n'était fort qu'avec sa femme ; et celle-ci savait encore plus qu'elle se sentait protégée et réconfortée dans la vie grâce à la présence de son mari.

Subitement ta'a Matondo se leva, une pensée avait traversé son esprit. Sa femme le regarda l'air un peu surprise. Il la rassura tendrement, lui disant qu'il allait prendre une chaise pour mieux s'asseoir. Elle acquiesça. Il ajouta que les enfants reviendraient bientôt, certainement accompagnés d'autres personnes, qu'il valait mieux pour lui qu'il aille prendre une chaise d'hommes. Il ne ferait pas bonne figure, assis là sur son *bazébilamba.* En effet, le voir assis sur le *bazébilamba* à côté de sa femme faisait pitié. Il revint ensuite comme un éclair s'asseoir près de sa femme.

Les enfants se dépêchaient. Les personnes qu'ils étaient supposés rencontrer étaient absentes. Même le guérisseur était déjà sorti. On ne trouva dans les cases respectives que les enfants qui prenaient encore leur temps avant d'aller rejoindre leurs parents certainement déjà au marché. Chez la maman du village, il n'y avait personne non plus. Chez le petit oncle, la porte était bien fermée et personne ne répondit à leur appel. Ils se dirigèrent tout naturellement vers le marché, même s'ils avaient conscience qu'il était trop tôt encore. En général à cette heure-ci, ils ne risquaient pas d'y trouver grand monde, sauf peut-être quelques commerçants venus en avance pour préparer leur étal.

La fille aînée, à qui l'on avait confié la mission d'aller chercher un camion, n'en avait trouvé aucun sur la place du village. Ce n'était pas toujours évident d'en trouver un à une heure si matinale. Le cœur serré, elle scruta désespérément dans toutes les directions, espérant que la chance lui sourirait. Elle alla même regarder derrière les maisons, car quelquefois des commerçants se présentaient au domicile de leur fournisseur pour prendre livraison des commandes passées lors du marché précédent. Mais là aussi, ce fut en vain. Elle décida donc d'aller vers l'entrée du village, du côté de leur domicile, espérant intercepter les camions qui n'allaient pas tarder à arriver. Pendant qu'elle s'y rendait, elle aperçut une camionnette, un pick-up qui arrivait à toute allure. Le conducteur était ce genre de personnes qui freinent brusquement et violemment quand ils sont arrivés à destination, soulevant un nuage de poussière, descendent de leurs voitures avec désinvolture, et s'amusent de voir l'étonnement sur le visage des passants. Elle courut, allant au-devant de la voiture, lui faisant des signes de mains pour attirer son attention. Mais à l'allure où était lancée cette camionnette, il en aurait fallu plus pour la stopper. Ainsi continua-t-il sa route. Elle se mit alors à courir de toutes ses forces derrière l'auto, en continuant de faire des signes qui de toute façon ne pouvaient être vus, à cause de la poussière et de la fumée qui s'échappaient du moteur. C'est finalement à bout de souffle et entièrement recouverte de poussière qu'elle rejoignit le chauffeur qui s'était garé un peu plus loin.

Les frères avaient eux aussi refusé de revenir à la maison sans celui qui pourrait être un miracle pour leur maman. Ils avaient l'air bien affolés. D'ailleurs plusieurs personnes qu'ils croisaient leur demandèrent ce qui n'allait pas. Ils répondaient simplement sans arrêter : « Hein ! *Kani* ! », ce qui veut dire : « Rien ». Et quand on insistait, ils ajoutaient : « *Katimako* », c'est à dire, « Il n'y a pas de problème » ou encore « Rien de grave ». Ils ne s'étaient pas concertés, mais ils savaient que ce n'était pas le moment d'en parler. Encore une superstition ou bien une simple discrétion ?

Ils entrèrent presque tous en même temps dans le marché, bien qu'ayant emprunté différents chemins. Chacun se hâtait de trouver la personne qu'il lui était donné de rechercher. Ils marchaient en regardant de gauche à droite. Et cela eut pour conséquence d'attiser la curiosité des gens.

Le plus drôle dans cette histoire, c'est qu'à force de tourner en rond dans le marché, ils finirent par se retrouver au centre de la place. Ils se regardèrent, l'air ébahis. Ils réalisèrent qu'au final, aucun d'entre eux ne semblait avoir trouvé la personne recherchée. À ce moment-là, un groupe commença à se former autour d'eux. Tous voulaient savoir ce qui se passait. Des questions fusaient de tous les côtés et on ne leur laissait pas le temps d'y répondre. Mais ils n'avaient qu'une idée en tête. Sans se préoccuper de tous ceux qui attendaient une réponse, ils voulaient juste savoir si quelqu'un dans cette foule avait aperçu les personnes qu'ils recherchaient. C'est ce qui comptait pour eux. Quelques-uns crurent bon de répondre qu'ils avaient aperçu untel, mais en fait ils voulaient juste enchaîner pour avoir des informations sur cette situation qui leur paraissait étrange. L'aîné leur répéta clairement et vivement : « Nous ne pouvons vous le dire maintenant ». Mais un homme s'approcha d'eux, car il les sentait très troublés, et leur dit tout de go :

– Je suis un infirmier, y a-t-il un problème ?

C'était comme s'il était tombé du ciel. Le frère aîné n'avait même pas encore ouvert la bouche pour remercier l'infirmier de s'être ainsi présenté et lui demander s'il acceptait de les accompagner que leur jeune sœur était déjà tombée à genoux devant lui. Elle lui tenait la main droite de ses deux mains et, levant ses yeux, l'implorait de les accompagner car leur maman était mourante. Saisie par l'émotion elle se mit à sangloter. Son jeune frère accompagnait tout cela par des : « Merci, Dieu ! » Il s'était subitement découvert là une vocation d'intercesseur. L'infirmier, gêné d'être ainsi pris pour Dieu, se courba un peu vers la jeune fille et l'aida à se relever. Pris de compassion, il la serra contre lui, et regardant l'aîné dans les yeux, il le questionna puis lui dit :

– Amenez-moi vite chez votre mère, et je verrai ce que je pourrai faire pour elle.

Ensuite, il consola rapidement la petite, en lui disant :

– Ne pleure pas, tout va s'arranger.

Et comme si on venait de fermer un robinet d'eau, elle arrêta net de pleurer, car dans les villages, l'infirmier est roi. Sa seule présence pouvait guérir. La cadette essuya vite ses larmes. Même les guérisseurs, les féticheurs ne pouvaient autant rassurer. On pourrait le penser, car les villageois les recherchent dans des situations difficiles, quand ils sont malades ou quand ils ont besoin d'un soutien psychologique, mais ils reconnaissent leurs limites. Ils se disent que c'est mieux que rien dans un grand village où il n'y a ni dispensaire, ni pharmacie, ni même un infirmier.

En tout cas, les enfants se sentirent rassurés et ensemble avec l'infirmier, ils pressèrent le pas pour arriver le plus rapidement possible à la maison. La nouvelle s'était vite propagée parmi ceux qui étaient présents. Dans tout le marché ce jour-là, chacun y allait de son commentaire. Certains faisaient des déductions - ce qui n'était du reste pas faux - par rapport à la grossesse de ma'a Kiminou. D'autres élaboraient un petit stratagème pour en apprendre davantage. Quelques-uns, ayant trouvé un peu de temps libre, confièrent leurs marchandises à un voisin ou un parent, et suivirent par compassion ou par curiosité les enfants du chef du village, pour mieux se renseigner, tandis que les derniers envoyaient leurs enfants faire un peu d'espionnage.

Au même moment la grande fille, trouvant le seul chauffeur présent à cette heure, le suppliait de venir avec elle à la maison parce que son père, le chef du village, avait besoin de lui parler d'urgence. Ce chauffeur se dit que certainement c'était une bonne affaire. Il la fit patienter le temps pour lui de satisfaire un besoin urgent, se soulager. Et elle attendit là, le cœur serré, mais rassurée parce qu'elle était postée à côté de la voiture.

Chapitre IV

En l'absence des enfants, les contractions s'étaient succédé. Ma'a Kiminou ressentait maintenant de violents spasmes très rapprochés les uns des autres. Elle savait que bientôt ce serait l'heure de pousser. Elle s'était bien positionnée pour terminer ce que Dieu avait commencé. Ce serait le moment de leur libération à tous. Le mari, plus évangéliste que jamais, continuait son œuvre ecclésiastique, priant et encourageant, mais sa femme lui fit comprendre que ce n'était plus le moment. À chaque chose son temps ; là il devait la faire accoucher.

– *Kabouénissa* ma'a Kiminou ! Hé ! *Kabouénissa* hein ! reprenait-il en boucle.

Il répétait la même chose : « Comment ferais-je ? » Il était démuni dans cette situation.

Il ne pleurait pas, mais c'était tout comme. Il était beaucoup plus dans les plaintes. C'est une manière de se lamenter dans la région. On marmonne des paroles, ce qui a pour effet de susciter de l'émotion chez les autres qui les fait pleurer aussi abondamment.

Mais ma'a Kiminou n'en avait cure. Elle l'interpella de nouveau :

– Arrête de gesticuler ou de te poser des questions ; regarde-moi bien dans les yeux, et écoute-moi. On n'a plus de temps à perdre, sinon l'enfant et moi-même nous ne survivrons pas à cet accouchement, donc tiens bon ! Je vais écarter davantage mes cuisses et pousser. Il faut t'agenouiller entre mes jambes en position de recueillir l'enfant. Regarde bien la sortie de l'enfant. Lave-toi rapidement les mains avec du savon, et ne perds pas une seconde.

Aussitôt dit, il fallut s'exécuter. Sur les orientations de ma'a Kiminou, son mari trouva dans la cuisine, par ici une cuvette, par là du savon, et à l'angle une dame-jeanne pleine d'eau. Et vite fait, il revint promptement vers sa femme et se mit dans la position indiquée, puis la tête plongée entre les cuisses bien écartées, lui qui était d'une pudeur légendaire, il exécuta l'ordre de sa femme. Cette dernière, bien flammée par la douleur, le guidait :

– Mets tes mains à côté de mes fesses, je vais mobiliser toutes mes forces pour pousser d'un coup, si je n'y arrive pas tu devras m'aider, sinon c'est la fin. Si je n'arrive pas à pousser, engueule-moi de toutes tes forces, donne-moi même de belles gifles s'il le faut, mais en même temps encourage-moi jusqu'à ce que l'enfant sorte de mon sein. Après, ne le serre pas trop fort car un enfant qui vient de naître est très fragile.

Et il lui répondit :

– Avec quoi vais-je le tenir ?

– Avec tes mains, tu ne les as pas lavées pour rien !

– Avec mes mains ?

– Oui, avec tes mains.

– Mais comment ça, avec mes mains ?!

– Je crois que tu as bien compris, je ne peux plus attendre et t'entendre, fais ce que je t'ai dit ; tiens-toi prêt, je vais pousser.

C'était une belle scène à voir ; lui qui passait pour être le dur de la famille, et même, du village. Il ne parlait plus et son cœur battait très fort. Il tremblait de tout son être. Il eut même envie d'uriner. De grosses gouttes de sueur perlaient sur son front. Il apercevait à présent la tête du bébé. Il fut interpellé par sa femme qui sentait que le bébé s'apprêtait à sortir. Ta'a Matondo avait une attitude très agitée ; il ne parvenait pas à se maîtriser, mais sa femme lui parla de nouveau comme pour lui insuffler un peu de courage. Il fallait qu'il parvienne à se calmer car là, il devait se positionner pour accueillir l'enfant.

Ma'a Kiminou, s'appuyant sur ses coudes, releva un peu la tête pour mieux percevoir les gestes de son mari et la sortie de l'enfant. Elle inspira et expira en poussant de toutes ses forces. Son corps entier était tendu vers l'avant. Elle s'efforçait de garder les jambes bien écartées. Ses pieds étaient bien cramponnés sur le sol rocailleux de la cuisine.

– Je pousse, je pousse ! cria-t-elle très fort.

Et elle poussa de toutes ses forces en inspirant et expirant, en femme d'expérience qu'elle était, dominant la douleur. Et l'enfant fut expulsé de son ventre. Le travail avait été assez long. L'enfant commençait à suffoquer. Il était temps qu'il naisse. Il était temps pour lui de goûter à la vie et de prendre part au bonheur que Dieu nous offre sur cette terre. Ainsi, des ténèbres, il arriva à la lumière, et les cris qui suivirent sa délivrance témoignèrent également de sa joie, de sa libération.

Ta'a Matondo avait accompagné de sa main la sortie victorieuse de l'enfant. Il tenait à présent dans ses bras ce nourrisson qui poussait ses premiers cris. Il eut un regard furtif mêlé d'incompréhension sur cet orifice béant d'où jaillissait à présent un flot d'eau mélangé à du sang. Il était bien sonné, le pauvre, sur le point de vaciller. Sa femme, remarquant son attitude, lui demanda de lui déposer le bébé sur le ventre avec tout le cordon ombilical qui la reliait encore à son enfant, et ta'a Matondo partit en clopinant, du sang plein les mains, s'asseoir par terre le dos contre le mur qui sépare la cuisine de la chambre des invités. Dégoûté, il était livide et ses yeux erraient, hagards.

Ma'a Kiminou tenait l'enfant dans ses bras et le posa sur son sein. Elle l'aima, car cette grossesse avait été très pénible.

Ce nouveau-né était le cinquième de la famille. Le premier-né s'appelait Mfoumou, il avait quinze ans. Trois ans après, il y avait eu successivement deux filles avec deux ans d'écart : la première se prénommait Louzolo, et l'autre Bouboto. Quand cette dernière eut trois ans, un deuxième garçon naquit et on lui donna le nom de Mayélé. Ensuite, ce fut une période de disgrâce. Ma'a Kiminou n'arrivait plus à concevoir. Elle espérait toujours, car elle s'était fixé une limite à cinq enfants, en accord avec son mari. Six ans après, au douzième mois de la septième année, le miracle s'était produit. Elle accoucha le jour même du réveillon de Noël, le matin, d'un garçon. Plus tard, on dirait dans la famille que cet enfant était à sa manière un sauveur. On considérait qu'il était source d'une grande bénédiction pour la famille, et pourquoi pas pour le village tout entier.

Songeant que le cordon ombilical devait être coupé, ma'a Kiminou appela de nouveau son mari. Il était assis par terre, les yeux mi-ouverts. On aurait dit qu'il était inconscient. Il s'efforçait de reprendre ses esprits, mais se sentait gagné par une grande lassitude. Et pourtant il fallait achever l'œuvre qu'il avait si bien commencée.

Comme on le dit souvent : « Dieu ne dort jamais ». À cet instant précis, ses enfants arrivèrent. On entendait des bruits devant la porte de la cuisine. Il se leva promptement, soulagé. Il retrouva comme par miracle la force, et demanda d'une voix autoritaire :

– Qui est-ce ?

Les enfants répondirent :

– C'est nous !

– N'entrez pas. Avec qui êtes-vous ?

Ta'a Matondo espérait l'arrivée des personnes à qui il avait fait appel.

– Avec un infirmier.

– Un infirmier ?

– Oui ! Un infirmier !

– Un infirmier ? répétait le chef du village, vous en êtes sûrs ?

– Oui papa, un infirmier que nous avons trouvé sur la place du marché, répondit l'aînée.

– Attendez un instant, je viens ouvrir.

Il se lava rapidement les mains, et il vint entrouvrir la porte pour s'assurer de la présence de cet inconnu qui lui était annoncé comme infirmier. Il ne voulait surtout pas permettre à quelques curieux d'entrevoir sa femme et encore moins laisser ses enfants voir leur maman dans l'état où elle était. Cette précaution fit frémir les enfants. Ils eurent un gros doute. Il s'était sûrement produit quelque chose de grave en leur absence. Mais leur père les rassura. Il raconta que leur maman venait d'accoucher, que cela s'était bien passé, qu'elle allait bien, et en regardant l'infirmier, il ajouta :

– Notre infirmier va faire ce qui est nécessaire.

Ils se saluèrent et se présentèrent, et l'infirmier entra. Ta'a Matondo présenta rapidement l'infirmier à sa femme et s'excusa auprès de lui, car il avait fortement envie de se soulager et aussi de vomir, cela le tenaillait depuis un bon moment. Ainsi sortit-il avec précipitation.

L'infirmier, s'approchant de ma'a Kiminou, lui dit bonjour. Celle-ci, qui ne l'avait jamais vu, l'air étonnée et fatiguée, lui répondit vaguement par un hochement de tête et continua de le fixer, comme cherchant à le découvrir. L'infirmier remarqua son regard insistant, il déclina alors sa profession, avec un petit sourire très professionnel pour la rassurer ; puis il se dirigea tout de suite vers la porte, qu'il entrouvrit, et demanda aux filles de lui trouver rapidement de l'eau pour laver ses mains. La fille aînée entra ainsi dans la cuisine, et lui disposa une cuvette d'eau propre avec du savon. Les mains lavées, il prit dans sa sacoche une paire de gants qu'il enfila, et ensuite une paire de ciseaux, puis coupa le cordon ombilical. Il souleva le pagne qu'elle avait posé sur l'enfant pour les couvrir tous les deux et surtout réchauffer son bébé, et porta ce dernier dans ses mains. Il le regarda attentivement pour voir s'il y avait une anomalie apparente. Il le remit sur le sein de sa maman et le recouvrit avec le même pagne, plié cette fois-ci deux fois pour apporter plus de chaleur à l'enfant. Enfin, il posa à la jeune mère des questions d'ordre professionnel pour s'assurer que l'accouchement s'était bien passé, et que le bébé avait pleuré à sa sortie. Il s'enquit également de l'état de la mère. Les réponses de ma'a Kiminou apaisèrent un peu l'inquiétude qu'il lui dissimulait, car il avait vu trop de sang par terre ainsi que sur son pagne.

Il fit entrer toute sa main dans le vagin encore béant qu'il explora afin d'évacuer le placenta et les caillots de sang restants, et il répéta le même geste deux ou trois fois pour s'assurer qu'il n'y en avait plus. Comme la mère et son enfant n'étaient pas chaudement couverts et que le bébé réclamait sa tétée, il alla vers la porte et l'entrouvrit pour demander aux enfants de ta'a Matondo du linge propre, et qu'on lui chauffe aussi de l'eau, car il en avait besoin pour préparer de l'eau tiède afin de bien nettoyer ma'a Kiminou et le bébé. Pendant ce temps, il continuait à s'informer auprès de la mère de la manière dont l'accouchement s'était passé. Ainsi put-il comprendre que c'étaient les comprimés qu'elle avait avalés quelque temps auparavant qui avaient en fait déclenché aussi vite l'accouchement. Heureusement pour elle, c'était dans la bonne période et elle était moralement très forte. On lui ramena deux couvertures et deux pagnes propres, et quelque temps après de l'eau chaude, et on le laissa continuer sa consultation.

L'infirmier examina longuement ma'a Kiminou ainsi que le bébé. Il prit leur température et leur pouls, et écouta les battements du cœur de l'enfant. Il avait de l'expérience, ce vieil infirmier. Il exerçait depuis près de trente ans. Originaire d'un petit village voisin, il avait cinquante-deux ans, et, bientôt à la retraite - qui en général était prévue à cinquante-cinq ans -, il avait renoué avec son village, car il comptait y vivre dans trois ans, pour le reste de sa vie. Ainsi dès qu'il le pouvait, il s'y rendait le week-end pour passer du temps auprès de ses parents et se refaire une vie de campagne.

C'était un enfant de la campagne. Il y avait fait son école primaire avant de partir pour Kabouétoussa, le chef-lieu de la région, afin de continuer ses études secondaires. Ensuite, à son admission à l'école des infirmiers, il était allé dans la capitale pour se former et y exercer son métier. Et quand ce week-end là il avait su qu'il y avait désormais un grand marché non loin de là, à Magniongui, et que tout le monde y allait, il s'était dit : « Il faut que j'aille moi aussi faire mon marché, et commencer à reconquérir mon environnement. »

Ta'a Matondo eut un dilemme : il ne pouvait dans cette situation se permettre d'aller se soulager loin de la maison, près du marigot, pour ensuite bien laver ses fesses, et il ne pouvait non plus en plein jour creuser derrière les cases un petit trou. Il se dirigea donc simplement vers le lieu où il y avait le plus de broussailles, comme le ferait celui qui serait pris d'un besoin pressant.

Dès qu'il arriva dans ce lieu qu'il avait jugé propice pour se soulager, sans attendre, il se lâcha. Il était vraiment plein de tout le dégoût du monde. Il en vint même à vomir, le pauvre. Après s'être nettoyé avec quelques feuilles d'arbres fraîches cueillies autour de lui, il se hâta d'aller rejoindre sa femme et le bébé. Il passa à côté de ses enfants et de quelques personnes qui s'étaient attroupées. Il avait l'air gêné, comme si on l'avait vu derrière les herbes touffues. Sans leur parler et évitant qu'on lui parle, il se pressa pour entrer dans la cuisine. Personne n'était dupe ici, ils avaient tous compris qu'il venait de faire quelque chose de bien, se soulager.

Mais ce qui est vrai, c'est que dans la manière d'être des habitants de ce village, il y avait une forme de gêne, quand on savait que tel ou tel venait de se soulager. Cela se ressentait même avec ses propres enfants. C'était une espèce de pudeur. Ainsi quand quelqu'un allait se soulager, il ne le disait à personne et si on venait à l'appeler pendant qu'il y était, il se gardait de répondre. Si on lui demandait d'où il venait, il restait très évasif ou encore il s'embrouillait pour ne pas mentir et passait à autre chose. On pouvait donc comprendre que ta'a Matondo fût ainsi gêné, comme si tout le monde l'avait aperçu derrière les hautes herbes. Cette façon d'être et de faire est restée la même pour beaucoup jusqu'à nos jours.

Ta'a Matondo se donna un air très pressé. Il passa donc sans parler à personne, et comprenant sa situation, nul ne l'interpella.

Il rentra vite dans la cuisine, et alla tout droit laver ses mains de nouveau, puis se dirigea vers sa femme pour prendre connaissance du sexe de l'enfant. Qu'est-ce qu'il pouvait être étourdi ! Pendant qu'il se soulageait dans les hautes herbes, il avait eu comme un doute. C'était un détail important et il voulait vite en avoir le cœur net, car il espérait un garçon. Et comme l'enfant était désormais couvert, il dut le demander à sa femme. La réponse fit bondir son cœur de joie. Sa femme qui le connaissait très bien pouvait lire cette émotion dans ses yeux.

L'infirmier se releva et demanda à ta'a Matondo de trouver une jeune maman qui saurait laver et habiller chaudement le bébé qui venait de se régaler du lait maternel. Il demanda qu'on apporte aussi des vêtements pour sa femme. Le chef de famille ne se le fit pas répéter et sortit tout de suite de la cuisine. Il pensait confier cette tâche à sa fille aînée. Mais comme on le dit ici à tout va : « *Nzabé à lalaka té* ! », c'est-à-dire : « Dieu ne dort jamais ! ». Voilà qu'il fut attiré par une silhouette qui venait droit sur lui. Il se retourna pour mieux voir et aperçut une femme, venant presque au pas de course. Il reconnut avec beaucoup de joie et de soulagement cette femme d'expérience, la maman du village, celle-là même qu'il avait fait rechercher par son fils aîné. Elle se hâtait, essoufflée, d'arriver aussi vite qu'elle pouvait.

Une marchande l'avait informée qu'un jeune fils du chef du village la recherchait de toute urgence. Elle lui en avait donné la raison, selon ce qu'elle avait plus ou moins compris. La maman du village ne s'était pas posé de questions. Abandonnant sa marchandise à la garde de cette dame qu'elle connaissait très bien, elle était accourue aussi vite que possible chez les Matondo.

Arrivée près du chef du village, elle se confondit en excuses. Elle avait, très tôt ce matin-là, fait un détour par les champs pour cueillir des feuilles de manioc et récolter des tubercules destinés à la vente. Ta'a Matondo, enthousiasmé, la fit vite entrer et referma la porte. Bien après elle arrivèrent successivement les autres personnes comme le guérisseur et le frère de ma'a Kiminou. Ils attendaient dehors, prêts à se rendre utiles.

Pendant ce temps, l'infirmier avait repris la température de l'enfant et de sa maman. Il en avait même profité pour demander comment ils souhaitaient appeler cet enfant. Ma'a Kiminou, qui avait déjà prévenu son mari que, cette fois-ci, c'est elle qui donnerait le nom de l'enfant, ne le laissa pas répondre.

Elle s'imposa ainsi auprès de son mari quant au nom à donner au nouveau-né, car c'est à ce dernier que revenait normalement ce rôle. Ta'a Matondo, compatissant avec sa femme qu'il avait vue souffrante tout au long de cette grossesse et qui réalisait qu'elle avait failli perdre sa vie en mettant cet enfant au monde, s'inclina. Ils nommèrent cet enfant « Kiessé » ; Matondo Kiessé. *Matondo* veut dire « merci » ou encore « remerciement » ; et *kiessé* se traduit par « joie ». Elle voulait témoigner toute sa reconnaissance à Dieu pour la naissance de ce dernier enfant qui faisait toute sa joie, le remercier également d'avoir préservé sa vie. Cette naissance tant voulue lui redonna une certaine paix, qu'elle conserverait longtemps, alors que son nom même signifiait « la paix ».

L'infirmier avait constaté que la tension de ma'a Kiminou était un peu basse. Il demanda qu'on lui fasse un café légèrement corsé et sucré, car elle avait besoin d'énergie.

L'eau chaude fut rapportée, la maman du village en prit un peu, la rendit tiède et donna un bain au bébé, sous l'œil attentif de l'infirmier. Elle s'activait sur tout ce qu'on lui demandait.

L'infirmier fit de même pour la toilette de ma'a Kiminou. Après, en guise de protection, il fit un *lingouanda* avec la couche du bébé et du coton qu'on lui ramena, une forme de caleçon fait d'un lambeau de tissu qui est retenu par deux nœuds de part et d'autre des hanches, afin de servir de point d'attache pour la garniture de la femme. Ta'a Matondo, ne supportant pas qu'un homme farfouille ainsi dans le sexe de sa femme, sortit de la cuisine. C'était mieux ainsi, car une fois à l'extérieur, il parla à toute la foule, la rassura et ensuite demanda que chacun aille vaquer à ses occupations.

L'infirmier semblait avoir terminé son intervention. Il enleva ses gants, et alla de nouveau laver ses mains. Et alors, il se permit de bien contempler le bébé en le prenant dans ses mains. Il le trouva très beau et potelé, et il leur en fit des compliments. Il leur demanda même à qui il ressemblait.

– Certainement à son père, dit ma'a Kiminou qui pensait au fond que le bébé avait beaucoup de signes de ressemblance avec elle, mais que c'était trop tôt pour l'affirmer.

Ta'a Matondo qui était entré fut comblé en entendant cela.

Sur ce, l'infirmier sortit pour prendre un peu d'air frais et laisser le couple seul un moment. Dans sa joie d'avoir encore un garçon, ta'a Matondo était volubile. Il en oubliait presque son malaise précédent. Prenant cette fois-ci son fils dans ses mains, il s'en réjouit. Ma Kiminou qui sirotait son café servi entre temps, les considérait.

L'infirmier revint dans la cuisine et il exprima cette fois-ci ses préoccupations. Prenant la parole de manière presque solennelle, il dit :

– J'ai trouvé votre femme très fatiguée, sa tension est restée très basse et j'ai l'impression qu'elle a perdu beaucoup de sang. Il serait souhaitable pour plus de précaution que tu la fasses transporter avec l'enfant en urgence à l'hôpital pour y subir des examens plus poussés. Je ne peux malheureusement pas vous accompagner, mais dès lundi je serai de retour dans la capitale et dans le service. Je vous chercherai. Je suis infirmier-chef dans le service de médecine générale. Il faut trouver un camion très rapidement, continua-t-il, j'imagine que cela ne va pas être évident, mais faites votre possible pour y aller. En attendant on lui fera prendre un bon café bien sucré pour relever si possible sa tension et la remonter. Je vous souhaite bon voyage.

Après un petit silence, comme s'il était triste de les laisser partir sans une assistance médicale, il leur affirma :

– Si vous trouvez tout de suite un camion, je peux aller avec vous jusqu'au chef-lieu, Kabouétoussa, qui n'est qu'à vingt kilomètres d'ici à peu près, si je ne me trompe pas ; pendant le trajet, je pourrai vous être utile en cas de besoin. Je pourrai ensuite revenir tranquillement au marché et faire mes courses, car c'est pour cela que je suis venu dans votre village.

Ta'a Matondo, inquiet, se souvint, à l'énoncé du mot « camion », qu'il avait envoyé sa fille en chercher un. Il s'excusa donc auprès de l'infirmier et s'élança dehors, appelant sa fille. Il voulait avoir des nouvelles de ses recherches.

Oui ! Elle avait en effet trouvé un camion et le chauffeur était là avec elle. Elle amena son père auprès du chauffeur qui s'était mis un peu à l'écart de la petite foule.

Il attendait dans son camion. Elle avait eu la bonne idée de le faire patienter. De toute façon, il avait flairé la bonne affaire. Il se tenait aux aguets. Elle conduisit son père vers le chauffeur. Les deux hommes parlementèrent et convinrent du prix à payer pour ce voyage.

Ta'a Matondo devrait payer pratiquement trois fois le prix d'une location jusqu'à Kabouétoussa. Le chauffeur avait mis en avant le caractère urgent de cette location. Il savait que le chef du village n'avait pas vraiment le choix. Celui-ci dut s'incliner. L'heure n'était pas aux marchandages interminables. Il obtint comme unique faveur que ce chauffeur se charge de ramener l'infirmier au village sans frais supplémentaire. Il rapporta ces conclusions à l'infirmier qui était demeuré auprès de ma'a Kiminou.

Chapitre V

Ta'a Matondo transmit toutes les instructions à ses enfants. Il les mit à la tâche pour préparer ce voyage imprévu.

Ses fils étalèrent sur le plancher un matelas sur lequel ils ajoutèrent une couverture, afin d'allonger ma'a Kiminou et d'amortir les secousses sur les routes caillouteuses.

Les filles s'activaient pour apprêter les habits de l'enfant et de la mère. Malin aurait été celui capable de dire combien de temps durerait leur séjour à la capitale. En temps normal déjà, les femmes restaient pratiquement sept jours à la maternité avant d'être autorisées à retourner chez elles. Ensuite, ensemble, ils préparèrent des provisions pour leur séjour, estimé à deux semaines. Il y avait là du manioc, des légumes, des morceaux de moutons fumés, des fruits. Sachant qu'il y avait dans la capitale un grand cousin chez qui ils pourraient loger quelque temps, l'aînée avait aussi préparé, à la demande de leur père, un sac de provisions pour lui. Il était hors de question de s'y rendre les mains vides.

Sa première fille s'apprêtait aussi, car elle ferait partie du voyage. Sa présence pourrait s'avérer indispensable durant leur séjour. Il fallait en effet prévoir quelqu'un pour s'occuper du bébé et des autres tâches du quotidien, telles que la cuisine et les courses.

La maman du village, après avoir lavé le bébé, l'habilla chaudement. Ma'a Kiminou était une femme préventive, chaque fois qu'elle se rendait à la capitale pour faire sa provision de produits rares et indispensables pour sa cuisine, elle en profitait pour constituer sa layette, à l'insu même de son mari qui la faisait toujours attendre. Ainsi sont parfois les hommes, ils attendent le dernier moment au risque d'être dans la panique générale s'ils sont surpris par un accouchement prématuré. Et bien souvent, à ce moment-là, ils n'ont plus d'économie. Remettant l'enfant à l'infirmier, la femme aida ensuite ma'a Kiminou à s'habiller. L'infirmier, qui s'y connaissait très bien dans les mouvements à réaliser pour habiller un patient, veillait à tout. À la fin, on lui mit ses sandales.

Ainsi l'heure du départ arriva-t-elle ; la maman du village mit sans attendre de l'ordre dans la cuisine, ramassant ce qu'il fallait jeter et regroupant tout ce qui devait être nettoyé et rangé, tout en causant en même temps avec ma'a Kiminou, sa confidente, et la réconfortant.

À cet instant les filles furent autorisées à entrer dans la cuisine ; l'aînée prit le bébé dans ses bras, et sa sœur et elle le regardèrent tendrement, recherchant même à qui il ressemblait.

La cadette prit à son tour le nourrisson dans ses bras. Tout son visage s'illumina en le contemplant, c'était comme si elle voyait un ange. Elle se tourna vers sa mère et lui sourit, et sa maman lui rendit son sourire. Ce geste était révélateur certainement d'une grande joie et du soulagement qu'elle ressentait. Elle avait beaucoup pleuré par peur de perdre sa maman. Le fait qu'elle soit en vie et en plus qu'elle leur ait donné un si beau bébé, c'était juste merveilleux.

Ta'a Matondo s'était préparé un tout petit sac de vêtements. Il s'habilla simplement pour la circonstance : un boubou, un vieux pantalon et une paire de sandales. Il eut juste le temps de se faire une petite toilette rapide, très rapide même dans leur douche de circonstance, avec une simple cuvette d'eau et du savon parfumé qu'il ramenait de la capitale et conservait jalousement dans sa chambre. Le temps pressait. Il n'était pas question en cet instant d'aller au marigot. La distance qui séparait la maison du point d'eau n'était pas négligeable. Il mit le linge sale dans le panier. Il voulait se sentir un peu à l'aise.

Le frère aîné, de son côté, s'activait toujours. Il essayait maintenant d'obtenir du chauffeur qu'il veuille bien ramener sa camionnette jusque devant la porte de la cuisine pour faciliter le transport de leur maman. Il fallait lui éviter une fatigue et une peine supplémentaires. Monté à l'arrière de la camionnette, il y disposait tout ce qui était prévu pour le voyage. Tout était presque prêt.

Et lorsque chaque détail fut réglé, ta'a Matondo avertit tout le monde pour monter dans la camionnette. Ma'a Kiminou fut soutenue par l'infirmier et la maman du village. Le guérisseur et le petit oncle encore présents leur prêtèrent main-forte. Arrivés tardivement, ils furent les seuls à rester pour voir s'ils pouvaient être encore utiles ; une façon de se dédouaner de leur retard... Mais personne n'y avait vraiment prêté attention, d'autant plus qu'il y avait là un professionnel, l'infirmier venu comme par miracle, ainsi qu'une femme d'expérience, la maman du village. On ne pouvait pas demander plus.

L'aînée s'était assise devant, à côté du chauffeur, pour porter sur elle le bébé. C'est l'infirmier qui lui avait conseillé d'agir ainsi ; il avait également recommandé au chauffeur de remonter ses vitres pour épargner la poussière de la route au nourrisson, ainsi que la fraîcheur du matin. Une fois qu'elle fut assise, elle reçut le bébé de sa petite sœur. L'infirmier s'assit derrière à la droite de sa patiente, un peu à la limite de son thorax. Ma'a Kiminou était allongée sur le dos, au milieu de la remorque, la tête relevée par des pagnes enroulés en forme de coussin, ses pieds donnant vers l'ouverture. La maman du village l'encourageait à vive voix, et la rassurait en disant qu'elle veillerait sur les enfants en son absence.

Ta'a Matondo ayant pris tous les documents nécessaires - le livret de famille, les cartes d'identité de tous les voyageurs, l'argent nécessaire pour leur séjour dans la capitale -, il se décida à sortir.

Tout le monde était en place, installé dans la camionnette. Ta'a Matondo donna les dernières recommandations à chacun de ses enfants. Il parla en premier à sa fille cadette. Il fallait qu'elle pense à jeter tout le linge qu'on avait utilisé pour l'accouchement, c'est-à-dire les couvertures et les pagnes, car ils étaient maculés de sang, ainsi que la dame-jeanne et la cuvette dont on s'était servi. Il fallait aussi laver à grande eau la cuisine afin qu'il n'y ait plus aucune trace de sang. Mais il savait bien que la maman du village ne la laisserait pas accomplir toutes ces tâches seule ; il lui intima de s'occuper de la cuisine

« comme si ta maman était là, tu es la seule femme qui reste à la maison ».

L'enfant n'avait que dix ans, pourtant elle pouvait jouer convenablement le rôle de la maîtresse de maison, et cela même dès l'âge de sept ans ; ainsi sont les enfants qui grandissent au village. Les frères aînés lui rendaient bien ce respect. C'était ainsi, nul ne pouvait se servir dans la marmite sans que ce soit elle qui le fasse, mesurant la quantité de nourriture de chacun.

Au garçon, il recommanda de prendre soin des champs ainsi que de leur petit élevage, de veiller au bien-être de la maison et de leur sœur. Il avait remis un peu d'argent à l'aîné pour acheter des provisions. Le chef de famille voulait tant les rassurer :

– Pour la nourriture, leur dit-il, vous avez de quoi tenir un mois. Quoi qu'il arrive, nous avons des provisions de légumes et des tubercules de manioc que vous pouvez récolter. Si nous tardons à revenir pour une raison quelconque et que vous n'avez pas reçu un message de ma part, vous pouvez égorger un mouton, en vendre une partie et conserver le reste pour votre alimentation. Ainsi vous ne manquerez pas non plus d'argent liquide.

Enfin, à tous à la cantonade, il dit sur un ton qui se voulait léger :

– Soyez sages ! Je ne veux pas entendre que vous avez eu des disputes. S'il y a un problème que vous ne pouvez pas résoudre, faites-le connaître à votre petit oncle, mais surtout soyez sages.

Sur ce, il dit au revoir au petit oncle et au guérisseur, puis il monta dans la camionnette.

C'était un modèle de pick-up ; un véhicule dont l'arrière est normalement un plateau non couvert. Celui-ci avait été bricolé de telle sorte qu'il pouvait être recouvert d'une bâche afin de servir au transport de marchandises. Cela permettait aussi d'assurer un trajet sécurisé. Et quand il s'agissait de déplacer des voyageurs, on pouvait y disposer de part et d'autre un banc pour que les personnes puissent s'asseoir. Mais en général, pour faire de la place, les gens voyageaient debout ou assis sur leurs marchandises. C'était des voyages très risqués. L'usage premier de ces camionnettes était détourné pour assurer les déplacements des populations vers la capitale et vice versa, à leurs risques et périls. On y transportait même des enfants avec les marchandises, car l'essentiel était de faire une bonne recette.

Le chauffeur klaxonna. C'était le signal du départ. Ta'a Matondo se hâta de monter dans la voiture. Il agita la main en signe d'au revoir à ceux qui restaient. Il regarda la maman du village, la remercia, puis lui lança : « Veille sur les enfants ». Elle répondit : « J'y veillerai ». C'était une façon de lui dire : « Va les voir tous les jours ; assure-toi que tout va bien pour eux et qu'ils se portent bien ». Du regard, il rechercha le petit oncle qui s'était un peu éloigné de la camionnette et lui dit la même chose qu'à la maman du village. En sa qualité d'oncle, la tradition voulait ici qu'en l'absence des parents, il devienne le chef direct de la famille. C'est pourquoi, en disant cela, il lui confiait l'autorité sur sa maison. Mais les parents avaient plus confiance en leur fils aîné qu'en n'importe quel autre membre de la famille, et ça, leur fils le savait. Il se devait donc de tenir ses frères et de veiller sur eux en l'absence des parents. Tout le monde savait ici dans le village, et même dans le pays, à quel point les familles devenaient sans pitié à l'égard des enfants lorsqu'il était question d'héritage : les aînés avaient donc la lourde tâche de protéger le reste de la fratrie en l'absence des parents, morts ou vivants.

Ta'a Matondo vint s'asseoir à côté de sa femme, face à l'infirmier. Il avait l'air triste. Ses enfants étaient si jeunes. Il savait que dans le village, certains ne se cachaient pas de leurs pratiques de sorcellerie et de toutes sortes de croyances superstitieuses.

Le chauffeur redescendit pour vérifier que la portière arrière de sa camionnette était bien fermée. Ils étaient prêts pour le voyage. Le cadet s'agrippa un instant au véhicule, le temps de dire au revoir à sa mère ; puis il retomba tout triste sur ses pieds. Ta'a Matondo regarda une dernière fois son fils aîné et lui dit : « *Tala ba pangui zakou* », soit littéralement : « Regarde tes frères ». Il faut en réalité entendre ici toute la fratrie. En disant cela, il voulait aussi asseoir l'autorité de son fils. C'était une façon de lui conférer la responsabilité de veiller, protéger et pourvoir aux besoins de tous ses frères et sœurs.

La camionnette prit de la distance. La tristesse habitait le cœur de tous et encore plus celui de la maman.

Chapitre VI

La journée était bien avancée désormais. Le marché du village se remplissait. À Magniongui, le marché était reconnu pour sa grande diversité et la qualité des denrées qu'on pouvait y trouver. Il y avait là toutes sortes d'agrumes tels que le *nsafou* et les fruits tropicaux : les mangues, les avocats, les papayes et les bananes, etc. Au rayon des légumes, on retrouvait toutes les variétés locales, à savoir les *badi*, les *moussosso*, les épinards, les *ntsigna*, les feuilles de manioc et bien d'autres. Il y avait aussi des étals où se vendaient toutes sortes de tubercules qui constituent l'essentiel de l'alimentation dans ces contrées de la forêt tropicale. Et bien sûr on y trouvait aussi des moutons entiers ou fumés, des poules et des coqs issus du petit élevage. On trouvait à Magniongui de gros producteurs. C'était de simples agriculteurs qui avaient investi parce qu'ils connaissaient la terre, partant presque souvent de rien.

Des revendeurs de produits alimentaires venaient ainsi avec des camions acheter leurs denrées à Magniongui afin d'assurer l'approvisionnement de leur clientèle de la capitale. Là, dans les quartiers, les commerces étaient ouverts le jour et la nuit. Ces fournisseurs commençaient avec presque rien. Ils achetaient à vil prix les produits sur les marchés des villages et du fait de l'activité non-stop de leurs clients en ville, au bout de quelque temps, ils devenaient très riches. D'ailleurs, ils étaient en passe de devenir des hommes très influents dans tout le pays. Il ne fallait pas les comparer à ces nouveaux riches dont on a souvent quelques interrogations quant à l'origine de la fortune. On se demande toujours de qui ils ont hérité ou encore si, à la faveur d'un marché aux règles totalement opaques, ils ne seraient pas à la solde des plus puissants. Voici pourquoi les commerçants encouragent beaucoup plus les paysans en permettant d'évacuer leur production, ce qui a pour conséquence de développer les villages, de freiner l'exode rural et la flambée des prix. C'est aussi bien une façon de créer et de développer une vraie complicité entre les différents acteurs économiques et un gage pour contrôler les prix et tenter de maîtriser le coût de la vie.

Comme tous les samedis, ce jour-là, le marché battait son plein. Les villageois vendaient, achetaient. Les affaires se négociaient. Les enfants de ta'a Matondo n'étaient pas en reste. Aussitôt que leurs parents furent partis, ils allèrent transporter les marchandises qui avaient été préparées la veille et se mirent en route pour le marché. Ils étaient de gros fournisseurs et tenaient à satisfaire leurs clients habituels. Ils se répartirent les tâches. Les garçons vendraient les produits du papa, c'est-à-dire les moutons, les poules et les coqs, tandis que la jeune fille s'occuperait de ce qui était à leur maman, soit les légumes et les fruits ; il manquerait le bon manioc que faisait leur maman, c'était dommage. À leur arrivée, les clients se précipitèrent sur les produits et demandèrent aussi des nouvelles de leurs parents. Ils avaient eu vent de tout ce qui s'était passé le matin et s'en inquiétaient.

Le pick-up roulait sur Bouétoussa. La route entre Magniongui et Bouétoussa était très étroite, et même dangereuse. Depuis qu'on l'avait tracée et qu'on y avait coupé des arbres pour l'aménager, il n'y avait plus jamais eu de travaux d'entretien. Quelques commerçants, en accord avec les villageois, avaient pris l'initiative de louer un engin pour couper les arbres les plus gênants, mais c'était bien insuffisant. À certains endroits, la route était si étroite que deux camions ne pouvaient s'y croiser. On voyait souvent des automobilistes obligés de faire une marche arrière pour permettre le passage de camions qui se rencontraient. Aucune règle de priorité n'était appliquée, et beaucoup forçaient le passage en doublant dès qu'ils trouvaient une ouverture. La plupart de ces conducteurs n'avaient jamais appris à conduire auprès d'une école. Les permis de conduire s'octroyaient facilement en échange d'un peu d'argent, comme si on achetait du manioc sur le marché. Ainsi la corruption était-elle vraiment entrée dans les mœurs.

La route était pleine de monticules et de nids de poules. Deux virages dangereux avaient déjà souvent fait parler d'eux. Des virages qui contournaient des ravins et qu'il valait mieux amorcer avec beaucoup de prudence. Depuis quelque temps, sur ce tronçon de route, on avait recensé un certain nombre d'accidents graves.

Notre chauffeur roulait avec beaucoup d'attention. Il modérait sa vitesse et amortissait autant que possible les secousses, conscient qu'il transportait ma'a Kiminou qui venait d'accoucher.

Hormis cette défectuosité de la route, le paysage était d'une grande beauté, mais les personnes dans ce pick-up n'avaient pas la tête à admirer tout cela. Ils avaient juste une envie, c'était d'arriver au plus vite.

Le pick-up roulait toujours à une allure soutenue. De temps à autre il croisait quelque véhicule qui remontait au marché. Les chauffeurs ralentissaient et se saluaient. Ils baissaient la vitre, faisaient sortir un peu leur tête et ils se disaient bonjour. Ils se parlaient rapidement, avant de s'éloigner l'un de l'autre. Ils se connaissaient presque tous, car ils fréquentaient le même marché. Ceux qui s'étonnaient de voir leur collègue déjà sur le chemin du retour à cette heure-là, et sans chargement, lui exprimaient leur étonnement. Il avait parfois le temps de leur répondre pendant le dépassement, tournant encore sa tête en arrière pour terminer sa phrase.

À l'arrière, c'était le silence total. Ma'a Kiminou dormait profondément. Le manque de sommeil et surtout l'antibiotique et le calmant que lui avait administrés l'infirmier avaient eu de l'effet. Elle s'était assoupie. On percevait tout de même de temps à autre une grimace sur son visage, signe qu'elle ressentait des douleurs et de petits tiraillements dans son bas-ventre. Malgré les secousses et les soubresauts de la camionnette, elle gardait les yeux fermés. Une fois ou deux, elle souleva une paupière, comme pour s'assurer que tout allait bien avant de replonger dans un profond sommeil. Les hommes la soutenaient quand la voiture penchait. Le chauffeur y prêtait aussi attention. Il veillait à ne pas s'incliner trop brusquement et même à ne pas freiner de manière trop rude.

Les hommes ne se parlaient pratiquement pas. Toute leur attention était portée sur ma'a Kiminou. Ils veillaient sur elle. On voyait bien qu'ils étaient inquiets. Mille pensées traversaient leurs esprits. De temps à autre, l'infirmier se penchait de tout son corps vers l'avant en se retenant bien aux barres de la camionnette ; il donnait de petits coups sur la vitre du côté de la jeune fille afin qu'elle la baisse légèrement. Ainsi il prenait des nouvelles du bébé et s'assurait que tout se passait bien. Après cela, sur un signe de l'infirmier qui élevait la paume de sa main vers le haut, elle remontait très rapidement la vitre pour éviter la poussière, le vent et la fraîcheur matinale accentués par la vitesse de la camionnette. L'infirmier rapportait ensuite la nouvelle à ta'a Matondo.

À un moment du trajet, les deux hommes contemplèrent le visage de ma'a Kiminou. Elle portait encore un masque de grossesse. Ma'a Kiminou était une très belle femme. Même sa grossesse ne lui avait pas enlevé toute la finesse de son visage. Elle était vraiment une « bois d'ébène ». Dans ce visage dégagé et illuminé s'exprimaient toute la beauté de son cœur et l'humilité de son âme. Oui, ces deux hommes étaient là et la contemplaient en silence, pensifs.

Ta'a Matondo réalisa qu'elle était une vraie fée du logis. En relevant sa tête, il surprit l'infirmier qui lui aussi regardait tendrement ma'a Kiminou. Il semblait se poser également des questions, lui qui subissait une secousse dans son foyer avec sa femme médecin. Il devait comparer en cet instant le comportement de sa femme bardée de diplômes, intellectuelle, et les femmes de village souvent pleines d'humilité et très serviables, comme ma'a Kiminou. Et inconsciemment, il aima cette femme, ou bien pas forcément elle, mais toutes les femmes rurales, humbles, naturelles, respectueuses, et travailleuses, qu'il regrettait certes de ne pas avoir épousées.

Humbles certes, mais par moments aveuglément soumises à leur mari ; elles ne leur rendaient parfois pas service, surtout quand elles avaient le malheur de tomber sur une brute. Paradoxalement, elles parvenaient avec une certaine autorité à les libérer de leur machisme afin de former ensemble une seule chair, et d'en faire des hommes équilibrés. Humbles certes, mais sachant parfois manier leur humilité ou leur nature de femme, tendre et douce, avec dignité et autorité, se faisant ainsi respecter.

L'infirmier, relevant sa tête à son tour, fut surpris par le regard de ta'a Matondo, et il simula une petite colère sainte :

– Comment as-tu laissé ta femme à neuf mois de grossesse encore au village, alors qu'elle aurait dû se trouver il y a déjà trois mois dans la capitale pour des examens de grossesse jusqu'à son accouchement ? C'est une vie que tu risquais de perdre, sans compter celle du bébé.

Et ta'a Matondo lui répondit, presque gêné :

– Je le lui ai recommandé. J'ai même insisté, mais en vain. Cette fois-ci, me disait-elle, elle ne voulait pas laisser ses enfants sans leur mère pendant six mois, c'est à dire trois mois avant l'accouchement et autant après. En plus, elle ne se sentait pas à l'aise d'aller vivre pendant tout ce temps chez mes parents à cause de leur animosité. Ils sont les seuls aujourd'hui susceptibles de nous accueillir et de nous offrir un cadre adapté pour une femme enceinte, mais j'aurais pu envisager une solution intermédiaire, on aurait pu essayer de trouver un petit appartement à louer pour six mois par exemple. Je n'y ai pas pensé…

Puis ils se turent de nouveau jusqu'à leur arrivée. Pendant le trajet, le chauffeur essayait aussi de temps en temps de parler à la jeune fille, mais celle-ci causait très peu. Dans leur éducation, il était interdit aux jeunes filles de parler aux inconnus. Elle n'avait pas non plus envie de parler, tout simplement. Elle était toute captivée par le nouveau-né et l'admirait avec un sourire sans fin sur les lèvres.

Le pick-up arriva à Bouétoussa. Le temps s'était bien éclairci et le soleil était déjà haut malgré l'heure matinale. Il était juste un peu plus de huit heures du matin.

Chapitre VII

Bouétoussa, qui signifie « Que pourrions-nous faire ? » ou encore « Nous autres que pouvons-nous faire ? » était le chef-lieu de la région de Yamuéni, « J'ai vu ». On s'amusait même ici à le traduire par : « J'ai vu la bêtise des hommes ». Et dans des moments de gaieté, de rassemblement quelconque, quand on lançait dans la foule « *Yamuéni* ! » pour donner une certaine ambiance qui semblait dire « J'ai vu la bêtise des hommes », l'ensemble répondait : « *Bouétoussa* ! », « Que pourrions-nous faire ? » ; et d'ajouter : « *Ta hâna kouakou Nzambi* », c'est-à-dire « Ne remettons notre sort qu'à Dieu, Dieu de justice, il ne manquera pas de nous répondre ». Cela était devenu pour eux comme un slogan. Ils exprimaient ainsi l'impuissance des peuples face à l'oppression qu'ils subissaient de la part de leurs propres autorités, et leur espérance en la venue d'un sauveur. Et comme à force d'invoquer la grâce de Dieu, un enfant leur était né, il s'agissait certainement du sauveur, car la naissance de Kiessé semblait ne pas être une naissance comme les autres. Un enfant né comme on le sait à Magniongui qui veut dire « Un peuple qui murmure, qui se plaint », traversant Yamuéni comme si l'Éternel répondait à leur cri :

« J'ai vu la bêtise des hommes, la désespérance du peuple, j'ai vu votre douleur et entendu vos cris et un enfant vous est né », puis s'arrêtant un instant à Bouétoussa, c'est-à-dire sur leur questionnement (« Que pourrions-nous faire ? »), tout cela signifiait sa venue et leur redonna l'espoir, la confiance du salut qui était certainement proche… Aller ensuite prendre connaissance à Kiadi - la capitale de la bêtise des hommes - de leur désespérance, de ce qui troublait ce peuple comme si cet enfant devait y remédier, leur apporterait certainement une véritable paix, de la joie et un sentiment de justice.

Étonnamment *kiadi* veut dire « pitié », et la nation s'appelle « *Hâta* », qui signifie simplement « nation » ou « pays ». Ainsi en appelant le pays où est né Kiessé « Hata kiadi », c'est dire tout bonnement « Mon pays pitié ! » ou « Pitié mon pays ! » C'est pourquoi, il ne faut pas donner n'importe quel nom à un enfant ou à une nation. Ainsi *hâta* fait vraiment *kiadi*. Et Kiessé n'est-il pas venu redonner un nouveau nom au peuple comme cela fut soi-disant prophétisé par les ancêtres ? « Il vous sera donné un nouveau nom, on ne vous appellera plus : "Hâta Kiadi", mais "Hâta Voumboukidi", la nation ressuscitée. »

Le chauffeur stationna le pick-up net à l'entrée du dispensaire. Et ils furent accueillis par le vacarme d'une foule alignée, dans l'attente d'une consultation.

Ma'a Kiminou se réveilla, comme si on avait chuchoté à son oreille qu'ils étaient arrivés à destination. Elle ressentit à l'instant même une fulgurante douleur abdominale. Les médicaments avalés plus tôt ne faisaient plus d'effet. La douleur se lisait sur son visage. Elle se mordait les lèvres pour ne pas hurler et se tortillait sur sa couche cependant que la sueur perlait sur son front. Cette douleur qu'elle avait longtemps cachée à ses enfants, elle l'exprimait maintenant librement. Elle souffrait vraiment. L'infirmier, le chauffeur et son mari se démenèrent pour la faire descendre doucement du pick-up. Puis ils l'amenèrent à l'intérieur du dispensaire, bravant l'interdiction de la femme de salle qui empêchait les malades d'entrer, car il y avait déjà trop de personnes à l'intérieur, certaines gisant déjà par terre. Ce n'était pas toujours évident de trouver des places assises.

L'infirmier se présenta et la femme de salle se calma. Elle fit preuve de respect et de soumission. Il voulait savoir s'il y avait un médecin présent dans ce lieu. Non, il n'était pas présent ; il avait dû se rendre à la capitale. Il demanda alors après l'infirmière ; elle n'y était pas non plus, elle était partie au marché faire ses courses, laissant à sa place la femme de salle qui prenait un grand plaisir à jouer au médecin.

Elle parlait même avec insolence aux patients, qui, résignés, ne disaient rien. À force de travailler aux côtés de l'infirmière, elle avait acquis quelque expérience et pouvait ainsi soigner des blessures, diagnostiquer le paludisme et même prescrire au nom de l'infirmière des médicaments. Elle prescrivait pour tout mal de ventre le seul et unique remède qu'elle connaissait. Qui pouvait la contredire ? Dans toute la région, il n'y avait point de centres pour les analyses médicales, et le médecin du dispensaire, comme on le constatait, était souvent absent. En tout cas, elle se donnait de la valeur aux yeux des villageois, et en tirait des dessous de table. Ce dispensaire était le seul centre médical dans la région, et les malades venant même de lointains villages y accouraient.

L'infirmier était en colère et il s'exclama « *kiadi hâta* ! », « Oh ! Pitié, le pays ! » ou « Pitié mon pays ! » Il fallait donc attendre l'infirmière qui, pour l'instant, n'était pas en poste pour que ma'a Kiminou soit auscultée ?

Pour l'heure, il fallait traiter ma'a Kiminou dignement et vite, lui apporter des soins appropriés. L'infirmier fut aussitôt interpellé par sa conscience. Il demanda à la femme de salle de lui apprêter un lit. Il y avait deux lits dans la salle de soins, si vétustes qu'on se demandait comment ils pouvaient encore être là. Et pourtant, les deux lits étaient occupés par des malades qui se tordaient de douleur. L'un se plaignait d'un mal de tête, l'autre avait des douleurs abdominales. Ils avaient juste l'air abandonnés, là, sur ces lits, où l'on n'avait même pas jeté le moindre drap. C'était la misère totale, en somme. La femme de salle voulut faire lever un patient. Alors qu'elle se dirigeait vers celui qui avait violemment mal à la tête, l'infirmier intervint pour l'en empêcher. Il toucha le front de l'homme du revers de sa main. Il avait effectivement de la fièvre. De sa sacoche, il sortit deux comprimés qu'il lui fit avaler pour tenter de le soulager ; puis sans la moindre réticence, il se leva et céda son lit à ma'a Kiminou. L'infirmier lui prescrivit des médicaments à acheter à la pharmacie avant de rentrer chez lui. Il lui recommanda de se rendre à la capitale, c'est-à-dire à quarante kilomètres de Bouétoussa, pour faire, si cela persistait, des examens sanguins ou un petit bilan. Pendant ce temps, le chauffeur et ta'a Matondo, aidés par la femme de salle, installèrent ma'a Kiminou sur le lit désormais libéré ; on lui ramena le bébé, et elle le nourrit de son lait maternel.

Ta'a Matondo s'excusa auprès d'un homme assis sur un banc, qui avait l'air bien valide, lui demandant s'il pouvait céder sa place à sa fille avec le bébé. Une fois assise, on lui ramena le bébé dans ses bras. Le chauffeur retourna attendre dans sa camionnette. Il s'installa les portières ouvertes, pour laisser entrer l'air, en attendant que l'infirmier soit de retour.

Pendant ce temps, celui-ci examinait de nouveau ma'a Kiminou. L'antichambre était un espace séparé de la salle d'accueil par un simple rideau de pagne sale et délavé par de multiples nettoyages. Il demanda à la femme de salle des antibiotiques, des calmants, du coton, des protections hygiéniques ainsi que des antiseptiques et des bandes ; mais il n'y en avait pas. On ne put trouver qu'un petit flacon d'alcool qui servait à désinfecter les plaies. Et la femme de salle brandissait le produit au regard de l'infirmier comme un trophée en disant : « Voilà ! J'ai trouvé de l'alcool ! » Ce à quoi ce dernier répondit de nouveau : « *kiadi hata* ! » Il administra à la jeune accouchée des calmants qu'il détenait encore dans son sac.

Le dispensaire ne donnait pas cette garantie. Le seul médicament qu'on pouvait y trouver était de l'aspirine, il n'y avait même pas de nivaquine ou un équivalent, alors qu'on était dans un pays fortement touché par le paludisme !

C'était la période creuse qui durait des années : la période préélectorale était passée depuis longtemps, et nul ne devait espérer le moindre médicament... De toute façon, ils leur étaient jetés à la volée, comme les grains de maïs au sein d'un poulailler, et seul le plus prompt s'en gavait aux dépens des autres ; ainsi se volatilisaient les médicaments en moins d'une semaine, et peu finalement étaient distribués aux malades. Après cette période-là, les villageois étaient voués à leur sort.

L'infirmier alla vers ta'a Matondo et lui demanda de courir à la pharmacie acheter les médicaments dont il avait besoin, ainsi qu'un biberon, du lait et de l'eau pour le bébé. Il lui indiqua une pharmacie qui se trouvait non loin du dispensaire, mais il fallait avoir toute sa chance pour y trouver des médicaments… Le père de famille y alla à toute vitesse. Pendant ce temps, l'infirmier se permit d'ausculter le patient qui se torturait sur l'autre lit, celui qui souffrait de douleurs abdominales. Il l'examina et lui toucha le ventre. Il avait des problèmes digestifs. Par chance, il restait encore dans la sacoche de l'infirmier de quoi le soulager. Ensuite, il lui recommanda des aliments appropriés pour éviter ce genre de troubles intestinaux. Enfin, il put s'occuper du bébé de ma'a Kiminou. Il le prit dans ses mains et estima son poids à environ trois kilogrammes. Il regarda ses yeux, dans ses oreilles, dans sa bouche, tout semblait normal. Il vérifia de nouveau son pouls, sa tension, rien à signaler.

Ta'a Matondo revint sur ces entrefaites et remit à l'infirmier les médicaments achetés. Il avait fait vite, profitant du camion. Le soignant demanda à la femme de salle de faire une toilette intime à ma'a Kiminou, et quand elle aurait fini, de préparer le biberon du bébé.

Il vérifia de nouveau qu'elle ne saignait plus de manière anormale. La femme de salle, n'ayant pas de réserve de garnitures pour femmes, lui avait façonné une protection avec du coton et des couches lavables du bébé, que ta'a Matondo avait ramenées à la demande de l'infirmier. Ils sortirent tous, laissant la femme de salle à sa tâche.

Il y avait toujours autant de malades dans la salle d'attente. Profitant de ce temps, l'infirmier en ausculta quelques-uns. Lorsqu'il revint vers ma'a Kiminou, il s'assura de nouveau que tout allait bien et fit appel à son mari pour le rassurer et recommander quand même qu'ils se rendent au grand hôpital pour des examens et les vaccins du bébé. Comme le voulaient les usages ici, ta'a Matondo le prit à part pour lui remettre en guise de remerciement quelques billets de banque. Mais le soignant refusa en disant :

– Je n'ai fait que mon travail, je suis rémunéré et je te remercie.

Ta'a Matondo resta un instant hébété. C'était, il faut le dire, chose rare ici, dans ce pays corrompu. Il reprit ses esprits et lui serra fortement la main pour le remercier ; l'infirmier ressentit alors la vigueur de la main puissante du cultivateur et de l'éleveur comme un signe de reconnaissance.

Ainsi arriva le temps de se séparer. L'infirmier prit gentiment congé de sa patiente qui lui répondit avec toute l'amabilité dont elle était capable.

Ta'a Matondo alla chercher un taxi ou une camionnette à louer pour cette longue distance qui restait à parcourir jusqu'à l'hôpital, à Kiadi. L'infirmier se rendit une dernière fois auprès du bébé, car il voulait encore se rassurer, avant le départ, de sa vitalité. Le prenant dans ses bras, il le contempla plus qu'il ne l'examina. L'enfant se mit à pleurer comme s'il regrettait de se séparer de cet homme au grand cœur. L'infirmier le regardait avec un grand sourire qui témoignait de la joie d'un travail bien accompli et d'une assistance médicale parfaite. Il pouvait repartir l'esprit tranquille. Il remit le bébé à la jeune fille. En guise d'au revoir, il lui prit la main, l'entoura des siennes, puis lui tapota la joue en souriant. Il retourna dans l'antichambre pour saluer la femme de salle. Il voulait la remercier pour son assistance avant de prendre congé. En traversant de nouveau la salle de réception pour s'en aller, il eut un pincement au cœur en voyant la détresse de toutes ces personnes qui attendaient. On aurait dit que ses yeux s'ouvraient en grand. Il s'arrêta net, l'air pensif et renfrogné. Il lui semblait voir là tout le malheur qui sévissait dans son pays. Il y avait tant de malades gisant par terre ou assis par-ci ou par-là... On se serait cru au Moyen Âge ou en plein cœur d'une épidémie que ni les médecins, ni les patients ne pouvaient plus endiguer. Déconcerté, le cœur meurtri, il ne savait comment remédier à cette situation. Il y avait là une foule de gens languissants qui attendaient un miracle. Mais le miracle ici n'était que la considération de l'autre, l'amour pour son prochain, le respect d'autrui et du bien commun. Et son cœur battait très fort, car il ne pouvait les voir ainsi. Les malades, résignés, gardaient l'espoir de se faire traiter, même en sachant que ce n'était pas toujours le cas par manque de médicaments.

Dans ce pays on ne s'offusquait plus qu'il manquât des comprimés de nivaquine ; les absences du personnel médical ou la désorganisation des services hospitaliers n'indignaient plus non plus les autorités. Et les patients qui ne pouvaient être soignés par manque de possibilité achetaient souvent des contrefaçons de médicaments dans les ventes à la sauvette et pratiquaient l'automédication, mettant en péril leurs vies ; ce qui est absolument inconcevable dans un pays qui ne devrait pas, financièrement, manquer de couverture médicale, surtout pour les plus démunis.

L'infirmier, après une petite hésitation devant cette situation, était dans l'indignation. Le cœur rempli de compassion pour ces malades, il alla dire au chauffeur qui s'impatientait déjà au dehors de repartir sans lui. Revenant sur ses pas, il prit sa sacoche de médicaments et ses outils de travail, et commença à recevoir en consultation les personnes qui attendaient.

Le chauffeur ainsi libéré repartit vite après avoir pris d'autres voyageurs pour Magniongui ; à son arrivée, il restituerait le matelas aux enfants de ta'a Matondo, et leur apporterait aussi de bonnes nouvelles, afin qu'ils ne s'inquiètent pas. Il avait fait une très bonne affaire. Dans ce genre de situation, le prix du transport n'était pas souvent reversé au propriétaire du camion. Le chauffeur se le gardait pour lui. C'est aussi pour cela qu'il se hâtait de repartir sur le village pour transporter les marchandises pour lesquelles il avait été en réalité mandaté.

Ta'a Matondo était revenu avec un taxi. Il entra dans le dispensaire pour prendre sa famille. En passant dans la salle d'accueil, il vit comment l'infirmier, avec rapidité et une grande passion, consultait les malades. En repassant avec ma'a Kiminou, c'est elle qui fut cette fois-ci pleine d'admiration pour cet homme. Elle avait rêvé d'exercer le métier d'infirmière mais les contraintes coutumières avaient pris le dessus sur sa vocation. Cela lui était resté comme un goût amer. C'était du temps où les parents n'encourageaient pas les jeunes filles au village à aller à l'école. On leur disait que leur place était dans leur foyer. On évoquait des raisons de sécurité pour ne pas les laisser aller faire des études loin du cadre de leur village. Elle était arrivée quand même loin dans les études, en classe de CM_2, ce qui n'était pas moindre en ce temps-là.

Ma'a Kiminou admirait le soignant. Elle se retourna même, malgré les difficultés qu'elle éprouvait debout, pour continuer à regarder cet homme qui la fascinait par sa patience, sa disponibilité et la considération qu'il avait pour les autres. L'infirmier s'était installé à une petite table moisie de l'accueil. En entendant des pas derrière lui, il eut le réflexe de regarder vers la porte et son regard croisa celui de ma'a Kiminou. Ils se fixèrent quelques secondes, puis se ressaisissant, ils se sourirent.

Ta'a Matondo et sa femme étaient assis sur la banquette arrière. Il la soutenait. Elle changeait de position, posait parfois la tête sur son épaule ou sur ses cuisses. Leur jeune fille était installée sur le siège avant, à côté du chauffeur, avec le nouveau-né dans ses bras.

Chapitre VIII

L'infirmier consultait à tout va, mais commençait à se fatiguer. Se retournant vers sa collègue de fortune, il soupira et lança de nouveau : « Ah ! *Kiadi hata* ! » C'est par cette exclamation qu'il exprimait à la fois son incompréhension et son désarroi. Il ajouta :

– Comment les malades peuvent devenir comme des chiens abandonnés à leur propre sort, vagabondant et recherchant dans des poubelles de quoi manger, alors qu'en Europe les chiens sont bien entretenus, bien soignés médicalement, comme des hommes, et ont de la nourriture ?

Elle lui répondit par une question :

– *Bouétoussa* ? Que pourrions-nous faire ?

Cette question-réponse ne traduisait-elle pas l'impuissance de tout un peuple face à la réalité quotidienne ? Ne traduisait-elle pas le désarroi de tout un peuple face à la réalité de sa société minée par la gabegie, l'inconscience et la corruption ? L'infirmier, comprenant la réponse de la femme de salle, se tut. Il se dit en lui-même qu'elle avait tout compris, qu'elle avait tout dit. Mais elle n'en resta pas là et ajouta :

– Une génération s'en va, une autre vient, et les mêmes problèmes subsistent. Le vent se dirige vers le sud, tourne vers le nord ; puis il tourne encore, et reprend le même circuit ; il ne laisse que désarroi, inquiétude, angoisse et peur du lendemain.

Cela faisait déjà une heure que l'infirmier consultait, puis une dame en blouse blanche vint à lui, et lui fut présentée comme étant l'infirmière du dispensaire. Elle revenait de faire ses courses. Ils se connaissaient, car cet infirmier était assez populaire dans la région. La colère grondait au fond de son âme, mais il se maîtrisa. Ils se dirent simplement bonjour, puis il l'attira dans l'antichambre loin des malades. Là, il lui dit sérieusement ce qu'il pensait de cette attitude sans attirer l'attention des patients. Très gênée, l'infirmière s'excusa. Mais il n'avait franchement que faire de ses excuses. Il la laissa plantée là.

Il était conscient des difficultés qu'on avait dans ce pays à se soigner ; mais il y avait une éthique qu'il ne se résolvait pas à sacrifier. Il avait une certaine opinion de ce métier qu'il avait choisi. Quand on est médecin ou infirmier, on ne peut manquer de conscience professionnelle au point de mettre des vies en danger. Il savait aussi que les hôpitaux du pays manquaient jusqu'aux médicaments de première nécessité, ce qui était d'autant plus désespérant. C'était encore plus grave dans les régions éloignées de la capitale ou des grandes villes. Mais ce qu'il ne concevait pas, c'était le manque de respect pour les malades. La moindre des choses était de les accueillir avec décence ; de les écouter et les soutenir. C'était aussi à cause de cette pénurie généralisée dans les hôpitaux qu'il trimbalait toujours sa sacoche contenant quelques médicaments et de quoi prodiguer les premiers soins, car il aimait bien aller à la découverte des autres villages, une manière aussi de se revigorer, de libérer son poumon de la pollution atmosphérique très intense dans la capitale.

Il apportait de cette manière une offre de soin à des populations totalement démunies. Il réservait un week-end dans le mois à sa famille. Sa femme qui était médecin généraliste ne pouvait le suivre dans son aventure car, disait-elle, elle travaillait déjà énormément. C'est vrai qu'elle avait obtenu des heures supplémentaires dans quelques cliniques de la ville - en réalité, des centres ou de simples cabinets médicaux parfois très archaïques -, victimes eux aussi de la précarité et de problèmes d'hygiène. Il y avait même quelquefois dans ces lieux des coupures d'eau ou d'électricité, presque chaque jour, qui duraient parfois des heures, voire toute une journée.

Chapitre IX

Ta'a Matondo, sa femme et sa fille aînée, le bébé dans les bras, arrivèrent à l'hôpital principal de la capitale. La course payée, il prit le bébé dans ses bras et demanda à sa fille de rester garder les bagages, le temps de faire enregistrer sa femme et le bébé ; il les conduirait ensuite chez son neveu.

À l'accueil il présenta la lettre que l'infirmier avait griffonnée rapidement sur une feuille d'ordonnance, expliquant la situation et demandant son admission. On leur indiqua l'étage où se trouvait la maternité et où un gynécologue ou une sage-femme devait les recevoir avant tout. Il se trouve qu'il n'y avait aucun ascenseur en état de marche. Comment donc allait-il monter au troisième étage ? Ma'a Kiminou marchait à peine. Et voilà que de jeunes gens s'approchèrent pour l'aider !

Ces jeunes étaient des « porteurs ». On les appelait ainsi car ils portaient les malades dans leurs bras, sur le dos ou sur un brancard jusqu'à l'étage indiqué. Ces jeunes s'étaient installés là depuis que les ascenseurs de l'hôpital tombaient constamment en panne. Il y avait bien longtemps, des années maintenant, que les ascenseurs ne fonctionnaient plus de manière continue ; cela durait souvent des jours, des semaines et même des mois. Les porteurs, grâce à la force de leurs bras, en assuraient donc le remplacement. Ils recevaient de la part des usagers un pourboire. C'était, au final, devenu une activité lucrative et génératrice de bien des soucis et des querelles. En effet il n'était pas rare que ces porteurs se chamaillent pour un client ou pour un ordre de priorité. Il s'était formé parmi eux des clans et cela avait vite dégénéré en petites guerres.

Ainsi, dès que les porteurs remarquèrent la présence de ma'a Kiminou, ils se hâtèrent de proposer leurs services à celui qui l'accompagnait, en l'occurrence ta'a Matondo :

– Papa ! Nous pouvons porter votre femme à quatre moyennant une somme d'argent.

Sans discuter, il donna l'argent convenu. C'est ainsi qu'ils arrivèrent à la maternité. Ils ne trouvèrent personne à l'accueil de ce service. Ils déambulèrent dans le couloir à l'affût de quiconque les orienterait. Finalement, ils aperçurent un groupe de personnes en blouses blanches qui discutaient devant une salle. L'une d'entre elles vint à leur rencontre. C'était une infirmière. Ta'a Matondo se lança dans l'explication de l'objet de leur venue. Sans même l'écouter jusqu'au bout, l'infirmière pointa de son doigt un couloir, sans leur apporter une quelconque précision. Et ta'a Matondo qui voulait insister pour plus d'information s'entendit dire :

– Papa ! Ici, si tu ne donnes pas *madéso ya bana*, il sera difficile que ta femme soit traitée à temps et convenablement.

Ta'a Matondo avait bien compris le sens de ce groupe de mots exprimé en langue nationale ; dans leur patois, c'était le *nsouéki* : l'argent qui se donne en cachette, le dessous de table. *Madéso ya bana* se traduit littéralement par « les haricots pour les enfants ». Le haricot est la nourriture la moins chère. Très apprécié et consommé abondamment, il ne manque presque jamais au menu des foyers à faibles revenus. Dans des périodes difficiles, on le consomme en salade, ou parfois simplement accompagné de manioc ; il peut être aussi un bon plat de résistance quand il est préparé avec de la viande ou du gibier fumé, ou encore du poisson salé ou fumé. Il est à la fois la nourriture de crise et celles des jours de fêtes.

L'infirmière qui revendiquait comme un droit le *madéso ya bana*, disait en fait : « J'aimerais bien t'aider, mais il faut que je pense aussi à mes enfants ». C'est un langage codé, et quand il prend de l'ampleur dans une nation, jusqu'à atteindre et pourrir le corps médical, c'est très grave. Ici on ne s'étonne plus de ce genre de langage. Les populations ont pris l'habitude de se faire dépouiller à tous les niveaux. Chaque jour, les gens se préparent à vivre comme en période de crise. On baigne dans l'instabilité économique, juridique et sociale. Il y a un climat d'insécurité et de favoritisme provoqué et encouragé par les autorités elles-mêmes.

N'est-il pas dit : « Si tu vois dans une province que les pauvres sont opprimés, que la justice et le droit sont bafoués, ne t'étonne pas trop de la chose, car chaque fonctionnaire est subordonné à un supérieur, et au-dessus d'eux, il y a encore des supérieurs hiérarchiques » ? (Ecclésiaste, chap. V, verset 7).

Et d'ailleurs, comme ils aiment à le répéter, les riches seront toujours plus riches et les autres, les pauvres, davantage appauvris. Les fonctionnaires et autres agents de l'État dont les salaires n'avaient pas évolué de manière significative depuis de nombreuses années n'arrivaient pas à joindre les deux bouts. Et de toute façon, même les cadres avaient des fins de mois difficiles. C'est ce qui expliquait ici que tous soient actifs dans la tragédie nationale qu'était la corruption. C'est ainsi que le *madéso ya bana* était devenu la gangrène dans tout le pays et à tous les niveaux.

Et ta'a Matondo répondit à l'infirmière :

– Maman ! (qui peut être entendu ici comme madame), si tu t'occupes de ma femme, nous nous entendrons sur la somme à donner.

Et ils convinrent d'une somme précise. Dès que l'infirmière eut reçu l'argent, elle fut paniquée au point de manquer même de maîtrise. Elle devint attentionnée, diligente, une professionnelle consciencieuse, respectueuse et affectueuse ; elle se démenait pour le couple et se souciait maintenant de sa victime. L'argent lui donnait des ailes. Mais nul ne doutait que cela relevait d'une attitude fallacieuse.

Heureusement que dans ce sombre tableau, des médecins et infirmiers refusaient de vendre leur âme au diable. Ceux-là continuaient à faire preuve de professionnalisme.

Ainsi lorsque ce n'est pas l'argent, c'est le sexe qui dédouane une situation dans un pays corrompu, et cela jusqu'à quand ?

L'infirmière les fit patienter et alla à la recherche d'un fauteuil roulant, et il fallait en trouver un, car ils étaient bien vétustes ici, et même rares. Quand elle l'eut trouvé, elle s'élança vers ma'a Kiminou, et aidée par une collègue, elles la firent asseoir sur le fauteuil. L'infirmière poussa le fauteuil, entrant de salle en salle pour trouver un lit, laissant à chaque fois la famille devant la porte. Finalement, elle en trouva un. Ce n'était pas une mince affaire, une fois encore. De nombreux malades dormaient à même le sol, faute de moyens.

Elle prépara le lit, et alla après chercher un médecin, un médecin de son cercle. Ici, tout fonctionnait par réseau. C'est ainsi qu'en un rien de temps, ma'a Kiminou fut examinée par un médecin alors même que des patients arrivés bien avant attendaient leur consultation.

Que dire du lit et des draps qui lui furent donnés ? Ma'a Kiminou eut des frissons au moment de s'y installer tant leur propreté laissait à désirer. Il faut dire que malgré son origine villageoise, cette femme n'était pas n'importe qui. Même au village on ne pouvait pas dormir dans de tels draps. C'est ainsi que beaucoup de personnes hospitalisées amènent, ou font venir par des proches, leurs pagnes, leurs draps ou encore leurs couvertures pour se mettre à l'aise. Ta'a Matondo et sa femme se demandaient à mots couverts : « Comment on a pu en arriver là ? Un si grand hôpital ? Un hôpital monumental où presque tout le monde est né ? »

Une fois l'infirmière revenue du bureau du médecin, on fit asseoir ma'a Kiminou dans le fauteuil roulant. Étonnement, on l'avait conduite dans un service qui n'était pas celui de la maternité. Il fallait donc que ma'a Kiminou descende de son fauteuil. Soutenue par des collègues de l'infirmière, ils descendirent les escaliers, un étage en dessous ; ta'a Matondo portait le bébé. Ils se rendirent effectivement dans le cabinet du médecin. Le chef de famille attendait dehors tandis que l'enfant et sa maman étaient en consultation. Le bébé, porté par l'infirmière, fut le premier à être ausculté. Le médecin le trouva en bonne santé. Il s'occupa également de ma'a Kiminou. Tout semblait aller pour le mieux, pour elle aussi. Il prescrivit une série d'examens à faire. La consultation achevée, le médecin fit entrer le papa et lui répéta ce qu'il avait déjà dit à sa femme, à savoir qu'il n'avait trouvé aucune anomalie ni chez son enfant ni chez son épouse. Il ajouta que l'infirmière se chargerait de les accompagner pour les examens à effectuer. Il promit de passer dans la fin de l'après-midi pour prendre des nouvelles. Il donna des instructions à l'infirmière afin de ramener le nécessaire pour les soins intimes et de bien nettoyer la maman ainsi que le bébé ; ta'a Matondo pouvait disposer. Il s'apprêtait à sortir lorsque le médecin, attiré par le clin d'œil de l'infirmière, l'interpella :

– Il faut payer la consultation.

En tout cas ça donnait l'impression que l'infirmière devait en tirer une reconnaissance. Ta'a Matondo eut une brève hésitation. Il avait pensé que tous les frais seraient réglés à la sortie. Il allait malheureusement très vite déchanter car en fait cette consultation était carrément une consultation privée. Ta'a Matondo, sans dire un mot, libérant un sourire de circonstance pour ne pas gêner le médecin qui avait si bien traité sa femme et son bébé, paya et sortit. Les soins finis, ils repartirent dans la chambre où ma'a Kiminou avait son lit. L'infirmière les raccompagna. Avant de les quitter, elle donna des consignes bien précises quant à l'heure à laquelle elle reviendrait les chercher pour aller au laboratoire. Elle insista bien sur l'enveloppe à préparer pour le paiement des examens afin que cela aille vite, sans oublier de rappeler le fameux *madéso ya bana* qui permettrait aux laborantins de travailler à leur donner les résultats au plus vite. En tout cas ce jour-là elle était tombée sur un profane. Elle avait là quelqu'un qui ne faisait pas jouer les relations comme d'autres.

Dans ce pays corrompu, certains recherchent de bonnes relations jusqu'à perdre parfois leur dignité, juste par prévention, afin d'y avoir recours en cas de besoin. Chacun veut s'assurer d'avoir un ami, un cousin, un parent, un amant ou une amante qu'il interpellera pour se sortir d'une situation difficile. Et on se crée une loi de réciprocité, du style : je te fais ceci et tu me fais cela, je te donnerai chaque fois ceci et toi tu me répondras dans ton domaine, et parfois sans le dire, seuls les gestes parlent. Et le pays vit sur ce rythme. L'État en paye un lourd tribut à son peuple, obstacle de son émancipation.

Ma'a Kiminou, allongée sur son lit, ne cessait de contempler son bébé qui dormait à ses côtés, en attendant qu'on lui serve son déjeuner.

Ta'a Matondo quitta sa femme et alla rejoindre sa fille. Il demanda à cette dernière de ramener des bananes à sa mère, mais de revenir aussi vite que possible pour qu'ils aillent ensemble chez son neveu ; elle devrait cuisiner aussi pour eux, et en ramener une partie à sa mère, car il avait entendu dire que la nourriture de l'hôpital était souvent en quantité insuffisante pour tous les patients, et que même quand on pouvait recevoir un plateau, il ne contenait presque rien, si ce n'est pour calmer un peu la faim. Il attendit sa fille, ensemble ils prirent de nouveau un taxi et s'en allèrent chez le neveu. Il l'avait déjà averti lors de ses excursions dans la capitale que sa femme enceinte accoucherait incessamment, et qu'il pourrait séjourner chez lui le temps de sa maternité.

Ta'a Matondo et sa fille ne trouvèrent ni le neveu ni sa femme. Les enfants, en vacances de Noël, étaient éparpillés dans le quartier. Ils trouvèrent tout de même son domestique qui les connaissait très bien ; ta'a Matondo l'informa que lui et sa fille passeraient une semaine à la maison, et que son Monsieur était mis au courant. Faisant garder leur bagage au domestique, et lui montrant en même temps le colis pour Monsieur et ceux à mettre dans le congélateur, ils allèrent manger dans un petit restaurant du quartier car ils avaient une faim de loup, refusant par ce fait d'être des invités imprévus à la table du neveu.

Ta'a Matondo, après qu'ils se furent régalés des mets servis, donna de l'argent du marché à sa fille, pour qu'elle leur cuisine des aliments de la capitale, surtout un bon pot-au-feu avec du poisson frais pour sa maman ; ils avaient déjà un peu du nécessaire, de la viande fumée par exemple et d'autres victuailles pour tenir au moins une semaine. Il lui recommanda surtout d'acheter à l'enfant et à la maman des bouteilles d'eau de source, et aussi une petite cuvette et un bidon pour leur faire monter de l'eau à cause de la pénurie ; il lui donna encore de l'argent de poche, sachant qu'elle était une fille et qu'elle pouvait avoir besoin de choses intimes, sans oublier la trousse de toilette pour sa femme à préparer. Après que sa fille fut partie, il prit le temps de digérer avec un bon Nescafé, se reposant un peu de sa fatigue avant d'aller rejoindre sa femme.

Chapitre X

L'infirmier avait pris congé du dispensaire. Sur le parc de stationnement, il trouva une camionnette en partance pour Magniongui.

En arrivant dans la bourgade vers onze heures, notre infirmier se hâta en direction du marché afin de se constituer une provision pour une semaine chez lui dans la capitale. Mais à cette heure-là, le marché est souvent au ralenti, et parfois même terminé. Il reste au mieux quelques rares commerçants qui veulent liquider à bas prix les marchandises restantes pour ne pas avoir encore à les transporter au retour. Il faut dire que certains ont un sacré chemin à parcourir. L'infirmier, levant les yeux, un peu déçu, redoubla son allure, espérant que la chance lui sourirait.

Le marché était bel et bien vide, enfin presque. Bien sûr il y avait différents groupes attablés autour des vendeurs de samba, le vin de palme, engagés dans d'interminables discussions. Ils savouraient leur boisson en refaisant le monde. On criait, rigolait et trépignait de joie dans les petits groupes ainsi constitués. À chaque rencontre, pour prouver qu'il n'y avait point d'animosité ou de mésentente sur des discussions ou des remarques qu'ils s'échangeaient, les hommes se donnaient une accolade. Parfois aussi, ils se tapaient les mains de joie pour prouver qu'ils étaient d'accord sur un point de vue ou encore parce qu'ils avaient cloué le bec aux autres. Un moment propice aussi pour parler de la politique. Dans ce domaine, ils interprétaient toujours à leur manière les informations. De retrouvaille en retrouvaille, ils avaient fini par avoir une même opinion. Et toute critique entre eux, approuvant ou contredisant, ne venait qu'alimenter leurs débats. Mais ce qui demeurait vrai, c'est que l'appartenance à une région restait le critère premier de l'orientation politique.

Les vendeurs des denrées alimentaires étaient ce jour-là très joyeux, ils avaient presque tous fait de bonnes affaires, comme si la naissance de Kiessé y était pour quelque chose. Ainsi le samba coulait à flots, et commençait à faire son effet. On avait presque l'impression de célébrer la naissance de Kiessé. Il ne manquait plus que le tam-tam, qui malheureusement ne se joue que le soir, le samedi, pour permettre une grasse matinée à chacun ou que chacun ait son dimanche pour se recueillir auprès de son Dieu ; c'est un moment de grande fête dans le village.

L'infirmier jetait des regards furtifs autour de lui, mais son cœur n'était que dans ce qu'il désirait acheter. Il lui fallait vite arriver au lieu désiré, le marché, et pourtant cela semblait désespérément vide. La maman du village, assise elle-même au milieu des buveurs de vin de palme avec quelques femmes, même sans en être une grande consommatrice, l'aperçut et accourut vers lui. Elle espérait avoir des nouvelles de ma'a Kiminou et du nouveau-né, mais elle ne pouvait pas aborder tout de suite cette question.

La coutume veut que quand quelqu'un arrive de loin, on le fasse au préalable asseoir et on lui propose un gobelet d'eau avant de lui annoncer ou lui demander des nouvelles. Bien souvent, on passe très vite de l'eau à la samba pour agrémenter ce moment. Et quelle que soit l'heure, on propose quand même à manger car on ne pose pas la question de savoir si un visiteur a déjà mangé ou pas. De toutes les façons, un visiteur surprise ou pas est considéré comme porteur d'un message, et si c'est une bonne nouvelle, sa présence est louangée.

La maman du village se démenait pour l'accueillir convenablement, l'invitant à venir s'asseoir au milieu d'eux. Mais l'infirmier n'avait pas la tête à boire à ce moment-là - quoique cette proposition ait ranimé sa soif. Il lui fallait faire à tout prix ses provisions. Il s'était rendu à l'évidence qu'il n'y avait plus là que des vendeurs et buveurs de samba. Il était fort inquiet et s'en ouvrit à la maman du village qui essayait de le rassurer, en lui affirmant qu'elle pourrait trouver ce dont il avait besoin en frappant aux portes des vendeurs. Il semblait même, à ses dires, que quelques commerçants réservaient en fin de marché des produits pour leur propre consommation et qu'ils n'hésiteraient pas à les revendre pour se faire plus d'argent.

Elle lui demanda de quoi il avait exactement besoin afin d'orienter ses recherches. Et il lui répondit :

– Un panier de *ngouri yaka* (gros manioc), des légumes : *badi*, *moussosso* et *ntigna*, puis un mouton entier et des fruits.

– Eh bien, essayons de voir si nous aurons tout cela aujourd'hui en quantité suffisante ; dans le cas contraire, il te faudra revenir demain en fin de journée.

Et elle continua :

– En faisant la commande aujourd'hui, une dame que je connais bien et qui cultive du bon tubercule de manioc dans le village, comme celle qui vient d'accoucher, pourrait te préparer du bon manioc dès ce soir ou très tôt demain matin ; il en va de même pour les produits que tu désires si les commerçants n'en ont plus chez eux. C'est pourquoi il serait mieux de revenir au moins vers la fin de la matinée, car ici les gens sont très matinaux, et je m'en occuperai. Pour le mouton, poursuivit-elle, ça tombe très bien ! Allons de ce pas faire la commande chez ta'a Matondo, le mari de la femme qui a accouché d'un bébé, et que tu as accompagnée au dispensaire de Bouétoussa. Ses enfants étaient aussi au marché pour vendre les produits de leurs parents. C'est une famille que je connais très bien, on est proches. L'aîné est encore très jeune, mais responsable, il pourra te tuer un mouton et te le préparer, même te le fumer si besoin.

– Non, je veux l'amener vivant et le faire sur place, puis le mettre dans le congélateur. Nous le consommerons progressivement. Chez moi nous apprécions beaucoup le mouton.

Et elle lui parla de ce qu'il pourrait acheter chez untel et untel en quantité nécessaire avec les commentaires qui s'ensuivaient, déterminant les qualités de leurs produits tout en parlant des personnes qui les produisaient, de façon à ce qu'il fasse leur connaissance. Ils arrivèrent chez ta'a Matondo et ils firent la commande du mouton à récupérer le lendemain matin. Ensuite ils passèrent de case en case, faisant d'autres commandes. À chaque fois qu'ils arrivaient à une case, elle faisait la présentation, et on remerciait l'infirmier pour son assistance à la famille Matondo.

Pendant qu'ils faisaient leur tournée, la maman du village lui décrivit géographiquement le village. Elle lui donna un aperçu sur l'histoire de ce lieu que l'infirmier connaissait presque puisqu'il avait vécu non loin de là quand il était à l'école primaire. Mais en ce temps-là, Magniongui n'était qu'un petit village. Il s'était considérablement accru au moment où les plus grands villages décroissaient pour des raisons économiques, et à cause des luttes de sorcelleries entre les différents clans et familles, souvent par animosité ou jalousie. Certains se souvinrent que leurs parents, leurs grands-parents, leurs ancêtres étaient venus de Magniongui, et ils préférèrent se rabattre là plutôt que d'aller s'aventurer dans la capitale sans un métier approprié. Aujourd'hui il était redevenu l'un des villages importants de la région, un village très productif.

Dans leur prospection, les gens du village les voyaient passer comme s'ils se promenaient en amoureux, et ils murmuraient. C'était ça le côté mesquin de Magniongui. La maman connaissait bien son village et cela lui était parfaitement égal. On lui prêtait souvent de mauvaises intentions du fait qu'elle était restée jusqu'à présent sans se remarier après sa sortie d'un mariage difficile. Depuis on ne lui connaissait pas même une vie maritale avec un autre homme. Ce qui lui valait d'être suspectée par certaines villageoises de vouloir charmer leur mari. Le fait qu'elle soit belle et de fort gracieuse allure ne jouait pas en sa faveur. Plusieurs femmes de la contrée craignaient pour leur couple.

Elle était le genre même de femme dont raffolent les hommes dans le pays et dont ils font l'éloge souvent autour de la bière coulant à flots. Et quand ils en voient passer une, parfois sans rien dire, ils restent plantés là, comme paralysés, la criblant du regard en avalant à chaque fois leur salive, en plein fantasme.

Elle était de ces femmes-là : lorsqu'elle croise un couple dans la rue, l'épouse se prend à surveiller le regard de son mari comme si c'était une compétition. Et gare à celui qui ne parvient pas à maîtriser son regard, car il devra répondre aux questions du genre : « Pourquoi l'as-tu regardée ainsi ? » ou encore : « Ne suis-je pas assez belle pour toi ? » Et quelquefois ça peut dégénérer. Ce n'est pas de ces femmes à la beauté superficielle que la société fabrique aujourd'hui. Cette beauté-là manque d'intensité. Elle est frappante et pleine de légèreté. Il s'agit ici d'une beauté naturelle, pétillante, qui élève dans les pensées des bulles d'exclamation. Une beauté rafraîchissante et animée d'une douceur qui se révèle dans sa démarche comme les branches des arbres fruitiers qui tanguent doucement de part et d'autre, rythmées par de petits courants d'air frais au soir d'une journée bien ensoleillée. Une beauté qui rafraîchit les mémoires et nous rappelle que Dieu a fait toute créature belle.

Les hommes, partout ailleurs dans le pays, et en Afrique, sont davantage attirés par les femmes qui sont plus ou moins fortes avec un derrière bien rebondi. Ce sont les fesses de la femme qui les attirent le plus. C'est même devenu pour certains un critère de beauté, et ils appellent ces femmes : « *ebendé kilo* », ce qui veut dire « fer lourd » ou « poids lourd ». C'est un qualificatif de respectabilité ; un peu comme s'ils disaient que ces femmes méritaient d'être respectées pour leur derrière. Ainsi, il fallait avoir du poids ou être un homme de valeur pour pouvoir les porter ou les entretenir. Et les femmes ont très vite commencé à en jouer, conscientes de cette valeur ajoutée, jusqu'à même s'injecter des hormones aux fesses pour les rendre volumineuses. Puis des hommes sans scrupules ont fait de celles qui sont faibles d'esprit et vouées à la convoitise leurs maîtresses, et s'en vantent en les appelant des « bureaux ».

La maman du village était un peu dans ce style. Elle était très belle et avait de l'allure. Même dans sa manière d'être et de parler, sa façon de marcher et d'accueillir, sa tendresse et sa douceur, il y avait de la grandeur. Et c'est ce qui lui créait des problèmes dans le village. Elle attirait le regard des hommes. Ils se démenaient pour lui paraître très galants et ils lui accordaient mille attentions. Ils étaient toujours prêts à tout moment à lui rendre service, lui prêtant main-forte dans ses travaux champêtres ou autre. Elle ne disait jamais non, mais en profitait, car seule qu'elle était, elle avait davantage besoin d'aide, et ne perdait pas son temps à penser à ce que pouvaient imaginer leurs épouses. Mais tous ceux qui tentaient de la courtiser, elle les remettait poliment et sèchement à leur place pour qu'ils s'en souviennent et lui fichent la paix. Néanmoins, dans des couples, il y avait des scènes de jalousie dues à la mauvaise interprétation des regards ou aux attentions qu'on lui portait.

Elle était belle tout simplement. Elle était naturelle et savait attendrir même les plus têtus. Un rien l'habillait. Son allure se révélait encore davantage lorsqu'elle portait le pagne. Mais parée d'atouts ou pas, elle était la même. La belle femme naturelle qui refuse de se déteindre le visage.

L'infirmier dans sa précipitation du matin ne l'avait pas remarquée. Ils terminèrent leur course chez elle, car elle avait proposé de lui vendre des fruits. Elle en avait toujours en réserve. Mais, finalement, changeant d'idée lorsqu'ils furent arrivés, elle lui en offrit gratuitement en guise de remerciement pour son assistance dans l'accouchement de ma'a Kiminou.

Arrivés devant sa case, elle l'invita à entrer dans la maison en attendant qu'elle lui prépare son panier de fruits. Ainsi, ce serait chose faite. De toute façon, s'il ne pouvait pas l'emmener aujourd'hui, il le prendrait le lendemain avec les autres commandes. Comme l'infirmier hésitait à entrer, elle insista :

– Mais entre et bois quand même de l'eau, et même un peu de *nsamba* avant de partir. Si tu veux bien, je te préparerai aussi de la tisane.

Et sous la tendre insistance de la maman du village, il se laissa conquérir.

– Je prendrai bien de la tisane, dit-il.

– Bien, entre, je vais t'en préparer.

Et il entra.

– Assieds-toi là, je vais te servir de l'eau et une assiette de fruits, en attendant que la tisane soit prête.

– Merci !

Il devait avoir faim à cette heure-là, car c'était presque l'heure du déjeuner.

Elle sortit, puis elle mit du bois entre trois grosses pierres du foyer. Ces trois pierres mises ensemble forment entre elles un espace triangulaire. En leur milieu est laissé un espace où s'entrecroisent les bouts de bois qui une fois allumés, permettent de cuire les aliments. Ces pierres sont disposées de telle sorte qu'elles équilibrent la marmite.

Une fois qu'elle eut posé sa marmite d'eau à bouillir sur le feu, elle fit des va-et-vient dans la maison pour continuer à entretenir la conversation avec son invité. Ils prirent le temps de faire davantage connaissance.

L'infirmier, rassuré par toutes ses commandes, le corps fortifié par la dégustation des fruits et la soif assouvie, remarqua maintenant que cette dame très réservée dont il avait vu la disponibilité, la promptitude, la compétence lors de l'accouchement de ma'a Kiminou, était très gentille, très accueillante, et de surcroît très belle. Ce constat l'amena à s'intéresser davantage à leurs échanges dans la causerie. Il se libérait peu à peu de son image d'homme bien établi qu'il donnait aux autres villageois. D'ordinaire, c'était un homme un peu réservé. Maintenant, il commençait à bien regarder la maman du village et à se laisser attendrir par son amabilité. Puis il se demanda si elle était mariée. Il pensa que si c'était le cas, son mari devait être heureux. Intérieurement il se prit d'admiration pour celui qui devait jouer le rôle de l'époux. Mais il avait certainement oublié qu'on dit souvent dans le pays : « On ne sait jamais ce que cherche un homme ». L'homme n'est jamais satisfait de ce qu'il a, même quand il en a en quantité suffisante ou de bien meilleure qualité ; car l'homme est cupide, envieux et vicieux.

Au vu de la disponibilité de cette femme à son égard, il fut attristé dans son cœur. Il se dit que cela ferait bientôt trois ans que sa femme ne lui accordait plus autant d'attention. Il était en plein divorce. Rien n'allait plus entre eux. Cette épreuve avait engendré chez lui de la méfiance vis-à-vis de la gent féminine. Il voulait encore y croire. Il espérait et était aux aguets de celle qui pourrait de nouveau le faire rêver. Cet éloignement d'avec sa femme, quoiqu'ils vivent encore sous le même toit, l'avait conduit à avoir des relations fortuites avec d'autres femmes, des collègues de travail, sans lendemain. C'était pour lui comme une fuite en avant. Mais, dès lors que le processus du divorce avait été engagé, il avait eu l'impression qu'aucune femme ne désirait plus avoir de relations avec lui. On aurait cru qu'il laissait indifférentes toutes les femmes. Lui faisait-on payer au prix fort cette décision de se séparer de sa femme ? C'était comme si une malédiction s'était abattue sur lui. Ainsi, il traînait sa libido partout avec la pensée de reconquérir à nouveau un cœur bien disposé à être à lui pour toute la vie, et de ne plus retomber dans la même erreur d'un mariage raté.

Face à la maman du village, il se dit : *C'est certainement mon jour de chance*. Il se prit à rêver que tout allait bien ; un peu comme si tout allait dans le bon sens. Il voyait en elle de vrais signes d'une femme avec qui on peut nouer une relation durable. Ses yeux ne la quittaient plus. Il cherchait un indice à saisir, auquel s'accrocher. Il voulait déceler dans son regard un signe qui lui permettrait d'espérer. Mais elle aussi était une personne très réservée.

Elle se dévoilait très peu face à des inconnus. Les épreuves de la vie avec son mari l'avaient aussi rendue méfiante avec les hommes. Elle avait acquis de la sagesse et une certaine expérience de la vie.

Dans la causerie que l'infirmier rendait maintenant de plus en plus chaleureuse sous l'air attentif et admiratif de la maman du village, ils se libéraient chacun de leur carcan. Ils s'ouvraient l'un à l'autre et dévoilaient leurs personnalités. C'est ainsi que dans cet élan de désinvolture et à la plus grande surprise de la maman du village qui ne s'y attendait pas, il dit :

– Tu es une femme remarquable, très serviable, et en plus tu es très belle.

Surprise, et même déconcertée, elle répondit tout simplement :

– Merci.

Nul depuis longtemps ne lui avait fait un tel compliment, si ce n'est de désirer ses fesses. Cela lui alla droit au cœur. Elle fut remuée au plus profond d'elle-même. Elle sentit les larmes venir, et pour ne pas être vue ainsi, elle se leva promptement, et alla droit vers sa chambre comme si elle allait y chercher quelque chose. Elle traversa la pièce en lui tournant le dos afin qu'il ne vît pas ses larmes couler. Arrivée près de sa chambre, elle fut attirée par le coupe-coupe qu'elle avait posé près de la porte, certainement par inadvertance car il n'était pas à sa place habituelle. Comme elle voulait absolument donner le change, elle se pencha et le prit avec l'intention d'aller le ranger au bon endroit. Elle le tenait d'une main et de l'autre, elle releva le pan de son pagne pour essuyer ses larmes. Ensuite elle se redressa et se retourna pour se diriger vers le lieu où elle comptait ranger la machette, derrière la porte d'entrée. C'est à ce moment-là que son visiteur - qui était demeuré assis à se demander si ses propos ne l'avaient pas choquée ou blessée -, relevant la tête, la vit arriver vers lui avec un coupe-coupe à la main. Il sursauta, se releva promptement la peur dans l'âme, et lui lança :

– *A ntsi koua* ? (Qu'est-ce qui ne va pas ?)

La maman du village, de ses yeux fuyants, ne remarqua pas la panique qu'elle venait de semer. Elle répondit simplement :

– *Kani* ! *Katimâ ko* ! (Non ça va ! Il n'y a pas de problème !)

Et elle inventa une raison pour s'être éloignée brusquement de lui :

– Je vais déposer ce coupe-coupe à sa place habituelle, à côté de la porte, et ensuite te servir ta tisane.

Et l'infirmier, soulagé, se mit aussi dans son jeu afin d'expliquer pourquoi il s'était levé :

– Hein ! D'accord. Je me suis levé pour m'étirer un tout petit peu, j'ai senti quelques courbatures. Là, je me sens bien.

Et il s'étira encore de plus belle sous le regard de la maman du village.

Elle lui ramena la tisane chaude dans un gobelet. Elle en avait préparé pour elle aussi. Et ils burent dans une grande causerie en dégustant encore des fruits. C'était une infusion à base de citronnelle aux vertus énergisantes et thérapeutiques. Elle est bien connue pour dégager les bronches en cas de toux. On lui prête aussi des vertus purificatrices et diurétiques. Ici, on la boit comme du thé et souvent aussi au petit déjeuner. Ils apprécièrent ce moment en continuant leur causerie. Après, elle lui proposa de partager son repas ; un reste de la veille qu'elle comptait réchauffer. Il ne dit pas non, lui qui d'habitude n'aimait pas manger chez les gens ; c'était là une façon de passer encore du temps avec elle.

Ces restes de la veille furent donc apprêtés : le *ngouri yaka* (le gros manioc) fut découpé et servi dans une assiette. Il y avait du *nsamba*. Celui-ci est très doux quand il vient d'être recueilli et qu'il n'a pas eu le temps de fermenter. Mais le *nsamba* qui fut servi ce jour-là fermentait déjà. La maman du village mit la table, servit de l'eau dans une outre et ils se régalèrent joyeusement en poursuivant leur discussion autour du *nsamba*. À la fin ils lavèrent leurs mains et leurs bouches avec du savon dans une cuvette d'eau apprêtée au même moment que la table. Tous deux ne buvaient pratiquement pas d'habitude, et quand il s'agissait de *nsamba*, ce n'était que lors de rares et belles occasions. Et celle-ci en était une de choix ! L'ambiance aidant, ils burent et parlèrent de tout et de rien. Ils évoquèrent leur génération, leur village, leur origine, leur pays, et ensuite arriva la question qui fit tout basculer :

– Es-tu mariée ?

Elle eut un bref instant de silence, qu'elle interrompit en avalant sa salive :

– Oui, je suis mariée.

Un peu déçu, il continua :

– Où est-il, ton mari ?

– Il vit dans la capitale avec nos enfants. Nous sommes en séparation depuis déjà trois ans. Je vais passer un week-end sur deux avec eux, et je descends chez mon oncle, puis je passe les récupérer chez leur père pour le week-end. Je leur ramène des produits du village. Je devais y aller ce samedi, mais je ne peux pas laisser les enfants Matondo seuls sans leurs parents, donc j'irai le week-end prochain.

On pouvait penser que leurs situations se ressemblaient car l'infirmier se sentait aussi délaissé par sa femme. Remettant ses compliments sur le tapis, il enchaîna :

– Comment peut-on se séparer d'une femme aussi merveilleuse que toi ? Ah ! Les hommes !

Ses compliments l'ébranlèrent de nouveau. Elle se mit à sangloter. Comme pour soulager ses peines, elle confessa :

– Je souffre, je souffre.

La gorge serrée, et sentant sa difficulté à étouffer ses sanglots qui remontaient lentement du bas de son ventre, elle se leva promptement pour courir dans sa chambre et donner libre cours à ses larmes. Mais cette fois-ci, l'infirmier anticipa son geste et s'interposa pour qu'elle ne se réfugie pas dans une autre pièce. Ému de compassion, il l'entoura de ses bras au niveau de la hanche, et la consola.

La maman du village, prise dans ses émotions, et certainement un peu à cause de l'alcool, se laissa aller. Car ses pensées n'étaient pas dans celles de l'infirmier. Les deux mains sur son visage, elle se démenait plus à cacher ses yeux, de crainte de se montrer en pleurs devant un inconnu. Ainsi avec les paumes et les doigts de ses mains, elle cacha presque toute sa figure, et plaqua ses poignets sur sa bouche pour s'empêcher de sangloter ou de pleurer lamentablement. Mais bien prise par l'émotion, elle ne pouvait retenir plus longtemps ses larmes. Les narines dilatées libéraient une respiration forte, comme essoufflée, une respiration saccadée.

Il ôta ses mains de son visage, essuya ses larmes avec les paumes de ses propres mains, le tout accompagné de mots doux ; puis il fit passer ses mains sous ses aisselles et les ramenant sur ses épaules, il la serra contre lui, en la consolant toujours avec des mots très doux, et la jeune femme, pleurant toujours, laissa tomber mécaniquement sa tête sur son épaule. Il caressait les siennes, tendrement. Innocemment, elle se laissa faire à ce geste qui n'était certainement pas anodin pour l'infirmier. Sa poitrine se soulevant et s'abaissant, en fonction des sanglots, accompagnait le rythme de sa respiration et prodiguait inconsciemment à l'infirmier une sensation qui accentuait l'effet de chaleur naturelle et vive qui se dégageait d'elle.

Il ne pouvait réprimer le désir qui montait en lui. Sa vigueur endormie depuis bien longtemps se ralluma. Il se crispa tendrement avec une petite gêne, ne sachant comment la maman du village allait réagir. Il accentuait ses caresses sur tout son dos. Il devenait insistant, mélangeant ainsi les caresses et le massage comme pour la détendre.

Brusquement, elle se crispa, emportée dans un sentiment mélangé d'un peu de gêne et du soulagement d'être consolée. Elle comprit qu'il se passait quelque chose d'inhabituel. Elle percevait maintenant toute la vigueur de l'homme contre elle. Elle ressentait toute sa force. Elle ne savait plus quoi dire, quoi penser, comment réagir face à cet homme, sans l'humilier ou le vexer. Il avait fait tant de bien à tout le village et lui avait apporté des paroles si douces. Ces paroles lui avaient redonné un peu de vie. Elle voulait le repousser, mais ne trouvait pas en elle la force nécessaire. Son âme était torturée et son estomac noué. Le sang circulait dans ses veines à un rythme effréné. La gorge serrée, elle perdait peu à peu de sa maîtrise. Il fallait donc réagir vivement. Elle se disait en elle-même : *Il faut que je réagisse, il faut que je réagisse, ce n'est pas normal.* Mais elle était comme paralysée et emportée elle-même petit à petit dans cette partie de plaisir, et le *nsamba* aidant, elle n'opposa qu'une faible résistance. Elle était à bout et ne voulait plus se battre. Elle s'en remit à lui, à son pouvoir, il lui appartenait maintenant de décider de la suite. Cela se voyait à sa bouche tremblante, aux mots qui en sortaient et que l'on entendait à peine. Tout ce que l'on comprenait, c'était qu'elle suppliait cet homme de ne pas l'entraîner dans le péché. Dans ses balbutiements, deux mots semblaient sortir : « *Tata* ! *Bika* ! », « *Bika*, *tata* ! » (« Papa ! Laisse, laisse papa ! ») Ce qui sous-entend : « Monsieur, laisse ! Ou arrête ! » Un signe de respect. Des mots qui sortaient à peine, s'embrouillant avec des soupirs et une respiration haletante. Elle n'arrivait plus à contrôler la sensation qui remontait en elle, noyant petit à petit tout son être et libérant chaleur et désir.

L'infirmier, sentant qu'il avait l'avantage, l'étreignait de plus en plus. Il exerçait une pression sur ce corps tout abandonné. La maman du village se laissa faire. Comme si elle venait de recevoir une décharge électrique, elle vibra et poussa un soupir. Elle était à présent blottie contre lui. Tout l'être de la maman du village se secoua. La sensation de chaleur la noya tout entière. Ils donnèrent plus d'ardeur à leur étreinte.

Leur enlacement devint intense et la maman du village y prit encore et encore un grand plaisir. Cela faisait presque trois ans qu'elle était séparée de son mari. Elle repoussait, par pudeur, par fidélité, mais aussi par crainte de revivre tout ce qu'elle avait vécu avec lui, tout homme qui s'approchait d'elle. Elle avait jusque-là réussi à éloigner tous ceux qui lui proposaient une relation amoureuse. Son corps était en demande mais elle ne pouvait le satisfaire. Elle en devenait même quelquefois nerveuse. Mais là, aidée malheureusement par le *nsamba*, elle fut impétueuse et demandeuse. L'un contre l'autre, ils s'abandonnaient violemment, recherchant l'explosion, plongeant dans un début d'extase.

Soudain, comme une seule personne, ils levèrent leurs yeux brillants de désir et se regardèrent. Ils en voulaient plus. C'était maintenant ou jamais. Chacun, tout au fond de lui, le savait. C'est alors que brusquement la maman du village, se saisissant des deux mains de l'infirmier qui l'étreignait, s'en libéra et se retira promptement de lui, le laissant là à la regarder l'air un peu perdu, la suivant du regard alors qu'elle se dirigeait vers la porte pour la refermer. Elle referma aussi sa fenêtre avant de revenir se jeter dans ses bras. Il étouffa un soupir de soulagement. Et sentant les choses aller vers l'accomplissement, elle se dégagea de nouveau de la même façon, mais cette fois-ci, elle retint son partenaire de sa main gauche, l'invitant à la suivre. Tous deux dérivèrent vers la plage du désir.

La maman du village, retenant toujours la main de l'infirmier, un peu perdu et essoufflé, avec le désir de vite arriver, fut la première à s'échouer sur la plage matelassée de son lit, tout en retenant la main masculine pour qu'il ne soit pas emporté par les vagues. Les vagues des pensées qui pouvaient passer dans sa tête du fait de l'incongruité de cette situation. Elle ne voulait pas que cette chambre non préparée pour cette circonstance puisse le décourager et le détourner. Les vagues de préjugés quelconques, qui pouvaient le conduire vers une douche écossaise ou une désillusion brutale, et ne pas les mener jusqu'au point culminant de leur plaisir. Mais l'infirmier était dans un état second. Il ne voyait rien d'autre que celle qui était en face de lui. Il ne sentait rien d'autre que du « joli soir », poudre parfumée emblématique du pays dont sa conquête s'était enduit les aisselles et qui exhalait un délicieux arôme de plantes vertes. Il se déchaussa, ôta pantalon et caleçon pour avoir plus d'agilité, puis monta sur le lit. Lorsque la maman du village le sentit tout près d'elle, elle lâcha sa main, puis desserra son pagne et le tira de part et d'autre. Ensuite elle roula son slip en pagne le long de ses jambes et l'ôta pour étaler sa nudité. Seule la partie inférieure, la partie convoitée fut ainsi découverte. Elle garda sur elle sa camisole. La chambre était dans la pénombre. D'ailleurs, ici au village, sous prétexte de pudeur, l'acte sexuel se fait souvent dans l'obscurité. L'infirmier se prépara à rentrer directement dans le plat de résistance.

Il est vrai qu'au village on ne pense pas souvent aux entrées et aux desserts, car les éléments énergétiques qui les constituent se retrouvent dans le plat de résistance. En fait, tous les plats contiennent divers légumes et féculents ; le dessert c'est en général des fruits. Or les fruits se consomment ici en fin d'après-midi à l'heure du goûter pour calmer un peu la faim en attendant le repas du soir. On ne leur donne pas la même signification. Non, le fruit n'est pas l'élément qui facilite la digestion ; c'est un moment à part qui s'apprécie. On n'est pas obligé de l'associer avec le temps du repas pour le rendre plus délicieux. Quand vient le moment de manger, les habitants du pays préfèrent bien souvent s'attaquer directement aux plats de résistance au lieu de s'attarder sur les entrées et de finir par le dessert. Le ventre affamé par les durs labeurs de leur quotidien, ils se jettent sur leur assiette et prennent goulûment leur repas sans tenir compte parfois de l'autre. Leur estomac est vite rempli, sans qu'ils aient même eu le temps de véritablement l'apprécier. C'est pourquoi il faut au préalable savourer l'entrée. L'entrée prépare l'estomac à un travail minutieux, méthodique, harmonieux et rend le plat de résistance meilleur encore ; l'entrée est également l'occasion d'absorber, en association avec les autres plats, de l'énergie et des vitamines nécessaires pour une très bonne santé. Ensuite on termine avec un dessert tout aussi délicieux, aboutissant ainsi à une très grande appréciation de l'ensemble de ce moment. Ces trois plats équilibrent notre alimentation. L'un apporte ce qui manque à l'autre pour une santé parfaite. Il en est ainsi de l'acte sexuel, car il contribue à l'épanouissement de chacun et du couple quand on le vit avec une meilleure appréciation, tout en aimant l'autre comme soi-même.

Ils entrèrent directement dans ce qui leur était normal et simple : le plat de résistance. Ils en avaient grande envie. Le désert sentimental qu'ils traversaient tous les deux rendit leur rapport encore plus intense. Il fallut une grande maîtrise à l'infirmier pour savourer cet instant et le faire durer. Il retenait son souffle pour mieux prendre sa conquête. Cette dernière accueillit imperturbablement toute sa vigueur, en bonne femme du village, travailleuse et danseuse traditionnelle aguerrie dont tout le secret reposait dans la force, la souplesse et la rotation des reins.

C'était du délire, ils ne savaient quoi faire d'autre ni que penser. Les étincelles qui jaillissaient de leur frottement ne laissaient aucun doute sur ce qui se passait en ce moment. Ils n'ignoraient pas où tout cela aboutirait. Toute leur chair était en feu, une étincelle avait tout embrasé. Ce qui devait arriver arriva.

Il s'affala à côté de la maman du village, et sans même penser à quoi que ce soit, se mit à ronfler. Il était très fatigué, le pauvre. Depuis le matin, il n'avait eu aucun moment de repos. Et la maman du village, pendant qu'elle était en train de savourer encore son plaisir, elle aussi, pour les mêmes raisons, se laissa glisser dans le sommeil. Son ronflement sifflotant accompagnait maintenant celui de son partenaire en basse. Quelle musique ? C'était juste pathétique. Ils venaient de commettre un adultère, une infamie. Cela faisait un certain temps que ces ceux-là se privaient. Ils étaient en manque. C'est pour cela que, pour mettre fin à cette longue privation et à cette torture, ils s'étaient laissés prendre, tomber comme un gibier perdu dans le filet du chasseur.

Chapitre XI

L'infirmier fut le premier à se réveiller. Il ouvrit les yeux, et, comme dans un rêve, pendant quelque temps, se demanda en quel endroit il se trouvait. Regardant autour de lui, il vit la silhouette d'une femme allongée qui ronflait paisiblement. Il comprit. La pensée de ce qui venait de se passer ranima son cœur d'un nouveau désir, mais il se résigna, il devait vite partir pour revenir le lendemain matin.

Sans même réveiller sa compagne, il sortit et referma la porte derrière lui. Chemin faisant, il chantonna, sifflota et sautilla comme un petit enfant. Il exultait. Il se disait en lui-même : *Et si je l'épousais ?* D'heureuses pensées foisonnaient dans sa tête. La joie d'un jour peut nous déconcerter, et nous faire basculer dans le néant, dans l'oubli de ce que nous sommes. Il rêvait davantage maintenant de conquérir la femme d'autrui que de relever son couple.

Bien plus tard, la maman du village se réveilla. La tête un peu lourde, elle crut avoir dormi une éternité. Elle resta un moment un peu perplexe, rêveuse. Elle réalisa qu'elle venait de commettre une infamie, l'infidélité. Elle ne voulait pas connaître un autre homme que son mari. Son éducation stricte interdisait ce type de relation. Elle fut amère et pleura, regrettant même d'avoir trop bu de *nsamba*.

Eh oui ! Le vin avait fait son effet. Il est même « moqueur » disent les Écritures, car il nous surprend toujours, et c'est parfois le regret de toute une vie. Il est moqueur, parce qu'un petit verre peut surprendre, un petit verre peut devenir grand et se multiplier, puis en arriver à faire perdre le sens au point de commettre l'irréparable.

Les Écritures ne disent-elles pas : « La prostitution, le vin et le moût font perdre le sens » ? (Osée, chap. IV, verset 11)

La maman du village à son réveil se mordit le doigt, maudissant le vin tout en refoulant difficilement ce moment savoureux qu'elle venait de passer. Elle était comme entre le marteau et l'enclume. D'un côté, elle avait la honte, la honte de s'être laissée aller un peu vite avec un inconnu dès la première rencontre, mais une honte mélangée avec un désir sexuel retrouvé, irrépressible. Il lui faudrait dorénavant se dominer contre le désir d'un inconnu qui avait su bien la prendre, alors qu'elle n'avait cessé d'aimer véritablement son mari, et cogitait à la recherche du comportement juste à adopter pour adoucir son cœur endurci par la vie ambiante, et le reconquérir. Voilà que les événements de cet après-midi hantaient ses pensées, sa juste réflexion, revoyant sans cesse ce moment délicieux, cet homme très viril qui n'en avait pas l'air, car il avait su la prendre. Son corps en redemandait, pensa-t-elle.

Reprenant ses esprits, elle nota qu'elle était dans sa mauvaise période et donc susceptible de tomber enceinte.

Elle eut peur et refusa d'y penser. Mais mille angoisses survinrent, quoi qu'elle s'en défendît de toutes ses forces. Elle refusait d'envisager cette éventualité : avoir un bébé hors mariage, un enfant issu d'une relation adultérine avec un inconnu d'un jour. Et elle se mit à pleurer de plus belle. Mais maintenant, il était trop tard et les dés étaient pour ainsi dire jetés.

Il fallait s'apprêter pour la fête du samedi soir. Comme d'habitude, cela se passait autour de la danse folklorique. Les villageois se retrouvaient pour danser. Entre deux danses, on buvait le *nsamba* et on passait la soirée dans des causeries interminables.

Elle devait donc se rendre à la rivière. Elle hésita au moment de franchir le seuil de sa maison. Elle craignait le regard des autres et redoutait un peu leurs questions. Eh oui ! Les voisins n'avaient-ils rien remarqué ? N'avaient-ils pas vu l'infirmier entrer et quelque temps après la porte et la fenêtre de sa maison se refermer ? Et s'ils l'avaient vu ressortir de chez elle, tout débraillé ? Elle avait déjà honte d'elle-même sans avoir croisé quiconque. Elle ne se doutait pas qu'à cette heure-ci, tout le monde était au courant de ce qui s'était passé. Elle connaissait très bien son village. Il était petit et les nouvelles allaient vite, et c'était le cas, car les murs avaient tendu l'oreille.

Le commérage fait partie du mode de vie du village. Ainsi, les gens s'espionnent pour avoir de quoi dire, de quoi parler. Ils trouvent de quoi meubler leur soirée autour du *nsamba*. D'ailleurs Magniongui porte bien son nom. La femme du village alla droit à la rivière pour se baigner. Elle voulait débarrasser son corps de ce qu'elle considérait comme une souillure. Elle voulait purifier ses parties intimes, mais cette souillure était gravée dans son esprit, ainsi son cœur demeura troublé. Cette fois-ci, elle ne se donna pas la peine d'y aller avec d'autres mamans avec lesquelles elle entretenait de bonnes relations, ou tout au moins une belle complicité. En route, elle réfléchit et trembla. Tout se mélangeait dans sa tête : la tristesse pour l'acte qu'elle avait commis et l'angoisse du lendemain. Elle redoutait de se retrouver enceinte alors même qu'elle éprouvait encore de l'amour pour son mari et espérait toujours qu'ils reformeraient leur couple. Cette situation l'agaçait fortement.

Chemin faisant, elle croisa un villageois qui lui lança un « Ça va ! », avec un sourire qui semblait moqueur. Elle lui répondit avec un sourire de convenance. Elle savait qu'elle en rencontrerait d'autres, car c'était à cette heure-là que les gens se rendaient au marigot ou en revenaient. C'est vrai que la rivière, c'était le lieu pour tout laver. Entre les ustensiles de cuisine, le linge et en contrebas le bain, on est sûr d'y trouver presque tous les gens du village. Mais elle s'était résignée à les affronter.

Continuant sa route, elle rencontra une villageoise qui la salua en lui demandant comme dans les salutations habituelles : « Tu te portes bien ? », ce à quoi elle répondit avec un air un peu gêné et teinté de colère : « Cela ne se voit pas que je me porte bien ? » En fait, elle avait l'impression que tous se moquaient d'elle. Pourquoi voulaient-ils tous savoir si elle se portait bien ? Et pourtant c'était la salutation habituelle. Alors cette dame qui n'était au courant de rien eut l'air étonné de sa réponse, et s'en alla sans mot dire, se tournant de temps en temps pour la regarder par derrière pendant qu'elle continuait sa route vers la rivière.

Pendant qu'elle poursuivait son chemin, dépassant les dernières cases dans une allure déconcertante pour s'engager sur le sentier de la rivière, voici qu'elle s'entendit héler par sa belle-cousine. S'approchant d'elle, elle lança en guise de provocation et d'un air suspicieux : « L'infirmier est parti ? Ça s'est très bien passé… ». Alors là, elle sentit toute sa colère contenue remonter de son ventre et littéralement l'étrangler. Pour s'en libérer, elle tonna presque : « Oui nous avons bien couché ensemble », mais le terme employé dans leur dialecte était très grossier. Cela résonnait comme une insolence. En général, on évitait d'utiliser des termes aussi crus. Il y avait ici plein de tournure pour y arriver.

Sa belle-cousine ne réagit pas, mais la regarda avec un peu de mépris, car elle savait qu'il ne fallait pas lui chercher de querelle, qu'elle se battait comme un homme. Elle continua son chemin et se sentit légèrement délivrée de son fardeau. Elle comprit que tout le village devait être au courant. Soudain, elle décida de ne plus se préoccuper de ce qu'on pouvait penser d'elle, d'autant que ses beaux-parents étaient déjà au courant.

Chapitre XII

De retour chez elle, la maman du village se prépara pour la fête du samedi soir. Le moment venu, le groupe folklorique était dans son extase, et tout le village était là. Elle arriva plus rayonnante que jamais. Elle avait revêtu une de ses plus belles tenues de soirée, un pagne à la couleur de *mayi ya pondou*, un vert rare, recueilli de l'eau de feuilles très vertes de plantes de tubercules de manioc, écrasées et bouillies, et qu'on accommode après avec du poisson, de la viande et différents condiments, à laquelle on attribue d'innombrables vertus.

La maman du village était rayonnante. Elle était consciente d'attirer les regards, mais cela ne l'amusait pas. Il y avait foule sur la place. Même les enfants Matondo étaient présents. Elle ne se préoccupait plus à présent de ce que les autres pensaient d'elle. Se sentait-elle vraiment libérée ou bien voulait-elle en donner l'impression ? En tout cas, pour l'heure, elle passait au milieu de la foule toute gaie, en méprisant le *nsamba* qui l'avait fait si honteusement chuter. Elle disait aimablement bonjour à tout le monde. Elle dandinait naturellement. Elle ne voulait surtout pas demeurer à la même place, allant presque à la rencontre des autres, affrontant les regards. Elle avait décidé de braver cette épreuve.

Les femmes qui s'inquiétaient pour leur mari se sentirent rassurées et discutèrent volontiers avec elle. Voici que soudain elle inspirait plus de respect que de crainte. Comme quoi, le péché des uns faisait le bonheur des autres. Les messieurs, ceux qui espéraient un jour pouvoir prendre leur pied avec elle, étaient furieux. Cet infirmier avait du souci à se faire. Il était parti de si loin pour venir leur couper l'herbe sous les pieds !

Il faisait nuit à présent. La foule se dispersa, et peu à peu la place du village se vida. Chacun rentra chez soi pour le dîner. Chaque famille se retrouva au *mbongui*, autour du feu, au clair de lune. Des familles par bonne entente se retrouvaient chez un voisin pour souper ensemble. Cela prolongeait une ambiance de fête, celle du samedi soir. Ces soirées finissaient tard avant qu'ils n'aillent chacun dormir paisiblement et faire le lendemain la grasse matinée.

Mais ce soir-là, les enfants de Matondo se retrouvèrent seuls au *mbongui*. Ils n'étaient pas bavards comme d'habitude. Avec leurs parents, ils se racontaient leur journée, leur semaine, et partageaient leurs projets pour les jours à venir. C'était aussi une occasion d'écouter les conseils, ô combien précieux, de ceux-ci. Sous la forme de proverbes ou de contes, le père Matondo avait une façon bien à lui de prodiguer de la sagesse à sa famille. Même les commentaires politiques et les informations entendues à la radio étaient repris par ce père qui s'intéressait à tout. Au *mbongui*, les parents prédisaient à leurs enfants leur avenir pour mieux les en imprégner. Ils leur enseignaient à mieux protéger l'héritage de la famille. Aucun aspect de la vie n'était épargné.

Seuls au *mbongui* ce soir-là, ils avaient l'air un peu tristes, car leurs parents leur manquaient. Ils mangèrent silencieusement, se parlant à peine, alors qu'habituellement, ils se taquinaient gentiment les uns les autres. Ils ressentaient encore plus l'absence de ma'a Kiminou. Elle était celle qui s'assurait qu'il y avait toujours de la joie dans sa maison. C'était vraiment un bonheur chaque soir quand ils se retrouvaient au *mbongui.*

L'absence de leur maman les privait de la seule force vivante qui les imprégnait, leur redonnait le moral pour affronter les journées qui n'étaient pas de tout repos. Voici pourquoi la nourriture qu'ils avalaient n'avait pas beaucoup de saveur. Ma'a Kiminou était la vie même de sa maison. Quand elle était là, le soir au *mbongui*, après qu'ils avaient mangé, elle entonnait des chants traditionnels, de ces chants qui ont une histoire et dont certains sont des contes. Les enfants à qui elle apprenait ses chants reprenaient les refrains. En général, le chant décrivait l'époque et le contexte politico-social de sa composition. Au travers des chants, ils apprenaient leur histoire et leur origine. Ces chants racontaient les épopées de leurs ancêtres, les guerres qu'ils avaient menées pour la conquête de leur pays et comment ils avaient résisté pendant la colonisation. Voici un domaine dans lequel ta'a Matondo était incollable. Il saisissait cette occasion pour apporter un peu sa connaissance.

Ta'a Matondo était souvent assis sur sa chaise longue et somnolait de temps en temps en savourant de la tisane. Il regardait sa famille se mouvoir dans la joie et la chaleur familiale. Il accompagnait aussi les chants en sourdine sans faire bouger ses lèvres, pour conserver son autorité. Et quand il surprenait ses enfants chanter faux, il les arrêtait, leur donnait le bon tempo et tout le monde reprenait convenablement le chant sous l'air ravi des enfants. La première fois, ils furent surpris, car ils pensaient que leur père ne savait pas chanter. La seule qui n'était pas étonnée, c'était leur mère. Elle connaissait bien son mari. Quand ta'a Matondo se mettait à chanter aussi, c'était encore plus de joie dans la maison. Et quand la nuit était avancée et que les yeux devenaient pesants, ta'a Matondo donnait le top départ, il se levait sans dire un mot et il allait dans sa chambre. Tous recevaient cela comme un signal. Ils se levaient comme une seule personne, excepté ma'a Kiminou qui veillait à ce que tout soit bien rangé et s'assurait que les enfants soient tous bien couchés. Elle faisait le tour des chambres en commençant par celle des filles, et ne rentrait dans la sienne que lorsque tout était bien calme dans la maison. Ensuite c'était le papa qui se levait et ressortait de la maison pour s'assurer à son tour que toutes les ouvertures étaient vraiment bien fermées par le fils aîné. Car ici, il fallait être très prudent. Des animaux sauvages, des serpents, et pourquoi pas des hommes méchants ou jaloux pouvaient s'introduire dans la maison pendant leur sommeil. Même si on connaissait tout le monde au village, nul ne pouvait prétendre connaître véritablement le cœur de l'autre. Il fallait donc être prudent. « On ne sait jamais », disait-il souvent. Et il faisait le tour de la maison, tirant chaque fenêtre pour s'assurer qu'elle était bien close. Ensuite il refaisait le même tour de la maison, mais cette fois-ci avec un gobelet d'eau dans la main. Il priait le Dieu protecteur pour qu'Il les garde toute la nuit, et faisait en même temps des vœux pour sa maison, pour ses enfants. Dans ce rituel, il prenait de l'eau dans sa bouche et la projetait par terre de façon à éparpiller les gouttes. Une manière superstitieuse d'éloigner les mauvais esprits tout en leur demandant de ne point s'approcher de sa maison, de sa famille. Après, il rentrait et il repartait dormir pour de bon. Il était loin d'être religieux comme sa femme qui ne se basait que sur les Écritures bibliques qu'elle lisait constamment.

Voilà pourquoi pour les enfants Matondo, cette nuit-là n'était pas comme les autres. Tout ce rituel leur manquait. Cette ambiance de chaleur et de protection était absente. Non, ce n'était pas un jour ordinaire pour eux. Et de plus c'était le réveillon de Noël.

La maman du village était seule désormais dans sa maison, tandis que les autres se regroupaient dans leur famille respective au *mbongui* pour déguster leurs mets. Pour elle non plus, ce n'était pas une soirée joyeuse. Elle était d'humeur pensive. Elle avait un peu la tête dans les étoiles ce soir-là. Alors que les familles et les voisins proches se retrouvaient pour se réjouir ensemble de ce réveillon de Noël, elle était seule dans son coin à ruminer ses pensées. Subitement, elle eut une pensée pour les enfants de ma'a Kiminou. Elle avait promis de passer un moment avec eux. Elle se leva promptement et transportant le repas qu'elle s'apprêtait à manger, elle sortit. À ce moment précis, le jeune frère de ma'a Kiminou eut la même pensée. Ils arrivèrent donc l'un après l'autre chez les Matondo. Ils se joignirent aux enfants qui mangeaient calmement. Après le repas, le petit oncle leur raconta une histoire pour mettre de l'ambiance, ce fut très intéressant, car ils ne l'avaient jamais entendue auparavant. La maman du village leur parla de la vie dans la capitale qu'elle connaissait très bien pour y avoir vécu longtemps avec son mari et ses enfants. Elle voulait les mettre en garde par rapport à la mondanité qui y régnait. À la fin du repas, ils entonnèrent des chants sous la conduite successive des deux adultes. Contre toute attente, ils passèrent un bon moment et furent joyeux. Ils chantèrent à tue-tête. Dans les environs, on se demandait pourquoi il y avait un tel vacarme chez les Matondo. Y aurait-il eu un malheur ? Et spontanément les voisins accoururent pour s'en assurer. C'est ainsi que de curieux en curieux, un attroupement se forma et presque tout le village fut bientôt là, rassemblé. Ils virent une bonne ambiance. Un joueur de tam-tam présent demanda à un enfant Matondo le tam-tam de son père, et ils chantèrent comme célébrant un grand événement, mais ils ne restèrent longtemps, car ils devaient continuer leur fête. On pouvait alors penser que les gens furent poussés chez les Matondo pour fêter divinement la naissance de Kiessé.

Et après que le monde fut parti, la maman du village demanda aux enfants d'aller dormir, et avec le petit oncle, ils attendirent qu'ils rentrent dans la maison, et après avoir vérifié de l'extérieur que toutes les ouvertures étaient bien fermées, ils repartirent ensemble pour aller chacun chez soi. Le jeune oncle, pris certes par le *nsamba* ou on ne sait quoi, célibataire qu'il était encore, vit là une occasion de tenter sa chance avec cette dame qui vivait seule ; il se disait en effet que si le même jour, elle l'avait fait avec un inconnu, l'infirmier, comment ne pourrait-elle pas le faire avec lui avec qui elle s'entendait quand même bien ? Il posa son problème. La maman du village, l'air ahuri, lui répondit sèchement : « Tu es mon jeune frère, le frère de ma meilleure amie, et en plus je t'ai vu naître et je t'ai porté dans mes bras quand tu étais enfant ! » Mais plutôt que de se gêner, il insista, et lui répondit : « Tu es sortie avec l'infirmier, la connaissance d'un jour, et pourquoi pas... » Une belle gifle bien appliquée partit à une vitesse telle que le jeune oncle ne la vit pas venir ; il n'eut même pas le temps de finir sa phrase qu'il partit tout de suite, prenant la direction qui lui convenait. Elle lui lança pendant qu'il partait : « Mets-toi dans ta tête que je ne suis pas une prostituée et que je suis ta grande sœur. » Pour eux deux, la joie se termina là. Et la maman du village en son for intérieur se posa la question : « Qu'est-ce qui m'arrive ? » Elle eut honte d'elle-même, pensant qu'elle_avait perdu l'influence et l'estime qu'elle avait dans le village.

Voici comment se termina cette soirée qui avait commencé de la plus belle des façons. Et la maman du village s'en alla chez elle, démoralisée.

Elle était en pleine eau trouble. Elle se demandait si la vie en valait la peine. Ce n'est que tard dans la nuit qu'elle parvint à s'assoupir. Elle fut enveloppée par les ténèbres avec leurs cauchemars, et le matin elle fut surprise d'en être ressortie vivante. Elle comprit que la vie valait mieux que la mort.

L'infirmier, dans sa couche, repensait à ce moment merveilleux qui lui avait permis de s'évader, d'oublier ses déboires. Il eut un sommeil léger mais paisible. Au petit matin, il se réveilla avec une sensation de fièvre et de courbatures.

Voici comment s'était emballée une histoire au circuit rocambolesque.

Chapitre XIII

Tout l'après-midi, ma'a Kiminou effectua ses examens avec l'assistance de l'infirmière, pendant que ta'a Matondo veillait sur le bébé et leurs effets. À chaque examen, elle donnait un peu de *madéso ya bana* afin que tout aille vite, car l'attente pouvait parfois être très longue, et l'état de ma'a Kiminou, tombée en langueur, ne le permettait pas. L'infirmière ne s'en priva pas non plus. Elle rejoignit bien vite après son mari.

Leur fille les retrouva. Elle avait préparé pour sa maman du poisson d'eau douce, poisson du fleuve, accompagné d'oseille et de bananes plantains bien mûres, cuites à l'eau. Les fruits, elle en avait encore. Elle s'en était régalée.

Dans la fin de l'après-midi, le médecin qui s'était occupé de ma'a Kiminou entra dans sa chambre, lança un bonjour à la cantonade, et toutes les patientes - y compris ta'a Matondo et sa fille - répondirent en écho ; puis tout de suite, il regarda les résultats d'examens de sa patiente, et s'exclama : « Mais tout est normal ! Vous pouvez sortir dans deux jours. » Ce fut une grande joie pour ma'a Kiminou, car les conditions d'hygiène étaient trop sommaires. Et au moment où il s'apprêtait à sortir, une autre patiente l'interpella poliment sur son état. Il lui fit comprendre qu'il n'était là que pour ma'a Kiminou. Il se rendit ensuite dans son bureau pour délivrer une ordonnance qu'il ramena et se fit payer sa consultation avant de prendre congé d'eux. Mais les Matondo déchantèrent très vite. Un peu plus tard dans la soirée, ils reçurent la visite des médecins du service qui annulèrent l'ordonnance prescrite précédemment. Ils expliquèrent que cela n'était d'aucune utilité, et même très peu efficace. La prescription n'était pas appropriée selon eux. Ce médecin n'était pas un pédiatre ni un gynécologue, mais un généraliste. Il fallait donc prescrire d'autres médicaments, des vaccins à faire et des examens gynécologiques à passer. Tout ceci supposait que ma'a Kiminou ne pourrait absolument pas quitter l'hôpital comme l'avait prétendu le médecin.

Le soir venu, ta'a Matondo et sa fille repartirent chez le neveu, après avoir averti ma'a Kiminou qu'on volait facilement les layettes et les objets personnels à l'hôpital ; il fallait donc qu'elle veille, et surtout qu'elle dorme avec l'enfant à ses côtés.

Le matin, jour de Noël, ta'a Matondo et sa fille se levèrent très tôt pour aller à l'église et prier. Ensuite, ils allèrent tous les deux au marché faire des courses afin de préparer le repas de Noël qu'ils prendraient ensemble, avec ma'a Kiminou, à l'hôpital. Une fois là, ils rencontrèrent au seuil des escaliers un des vieux camarades de classe de ta'a Matondo, de l'école primaire au village, et les deux entamèrent une causerie pendant que la fille aînée, après que son père eut fait la présentation, monta rejoindre sa maman.

Ma'a Kiminou était belle, elle avait nettoyé avec une savonnette parfumée ses aisselles avec un pagne propre, car elle n'en supportait pas la moindre odeur, ni son mari d'ailleurs. Elle ne s'était point lavée depuis son arrivée à l'hôpital, sauf les toilettes intimes qui lui furent médicalement administrées. Et même si elle voulait bien aller se doucher, ce ne serait pas évident, puisque l'eau ne coulait presque plus dans les étages. La pénurie d'eau était générale dans la capitale, et cela depuis des années, alors que le pays est gorgé de rivières, qu'on y trouve l'un des plus grands fleuves du monde, et que la grande ville est bordée par la mer. Et puis ma'a Kiminou s'était entendu dire par sa voisine de chambre qu'on trouvait parfois dans les douches de petite mares d'eau maculées de sang.

Les patients font monter de l'eau dans un seau par leurs parents ou ils payent les gens pour en faire monter, seuls les nantis ne souffrent pas de cette discrimination.

Malgré cette déconvenue, elle s'était faite vraiment belle ; elle avait nettoyé son visage, et appliqué ensuite la poudre emblématique « joli soir » sur ses aisselles. Elle avait mis un peu de glycérine sur le visage avec ses mains poudrées, et cela lui donnait, avec son teint bien noir, un visage finement luisant, élevant sa beauté à une autre dimension. Tout son être était bien parfumé. Elle mit du crayon de beauté noir sur ses sourcils et ses cils, ensuite avec l'aide de sa fille, elle enfila une belle tenue bien propre, une délicieuse robe ample en pagne. Elle était maintenant prête pour frapper l'œil averti de son mari afin de libérer de sa bouche un compliment, une exclamation qui lui irait droit au cœur : « *Ha'a nkénto mono, wa toma* ! » (« Oh, oh ma femme, comme elle est belle ! »)

Elle aimait se faire belle pour son mari et dans tout ce qu'elle faisait, elle aimait en tirer des compliments, c'est pourquoi elle faisait tout très bien, avec amour, et recevait de fait des compliments d'autres personnes ; beaucoup agissaient pour être vus des autres, se mettant ainsi à la merci de la tentation, pour comptabiliser ensuite les dragues, qui étaient devenues les outils de mesure de la beauté. Certains étaient tombés dans leur propre piège. Ce paraître était devenu la mode au pays. Tout se fait désormais seulement pour être vu et c'est ce qui a engendré de manière inquiétante la corruption, le détournement de fonds public, la prostitution, etc.

Ta'a Matondo était en pleine conversation avec son vieux camarade. Leur rencontre fut très émouvante, et il ne monta pas si tôt auprès de sa femme, donnant même involontairement à cette dernière le temps de se faire belle pour lui. Après qu'ils se furent salués, voyant que l'autre était très abattu, comme s'il venait de pleurer, le chef de village lui demanda aussitôt ce qui n'allait pas. La réponse ne se fit pas tarder :

– Je viens de perdre bêtement mon frère. On lui avait prescrit un médicament qu'on n'a trouvé dans aucune officine de la place. Et malheureusement, son état s'est empiré, faute de soins appropriés. Comme c'est souvent le cas dans ce genre de situation, les parents pensent qu'on l'a empoisonné à cause de sa réussite. On ne sait réellement pas de quoi il est vraiment mort. Il semble qu'il souffrait d'une congestion pulmonaire ou d'une bronchite aiguë persistante et mal soignée. Nous ne pouvons le confirmer.

Et il continua :

– J'attends de connaître la véritable version, mais ce qui est vrai avec nos appareils médicaux devenus vétustes, c'est que l'on ne sait pas à quoi s'attendre. Souvent des personnalités sont envoyées en Europe pour être mieux diagnostiqués ; et ceux qui ont les moyens vont carrément là-bas refaire leurs examens.

Ta'a Matondo prit la parole, et lui dit :

– Eh oui ! C'est le propre du pays et c'est malheureux. J'ai connu quelqu'un que la médecine avait condamné, ce qui l'avait rendu encore plus malade et très maigrissant ; et comme il avait un peu d'argent, il s'est endetté pour compléter ses économies, a pris son billet d'avion et il est allé en France vivre chez son petit-neveu et procéder avec le reste de l'argent à de nouveaux examens qui ont montré une contradiction totale et écœurante avec ceux ramenés de la capitale. Et ce n'était que quelque chose de banal qui a bien failli l'emporter, à cause du souci et de la peur de mourir. Le médecin français qui l'a suivi en fut même choqué.

Son ancien camarade de classe s'indigna alors :

– Ah ! *Kiadi, hata* ! Et pourtant à ce que je sache, nous avons de bons médecins, des professeurs en médecine qui ont appris et exercé en Europe, et même en Amérique, presque dans tous les coins du monde ! En plus nous avons une grande école de médecine qui forme des médecins locaux, et même ceux venant des autres pays africains, mais si on ne leur donne aucun moyen pour exercer leur fonction, on ne peut pas les incriminer !

– Mais je connais un cas plus grave encore, dit ta'a Matondo. Un homme dont les médecins répétaient qu'il souffrait d'une bronchite, et ne lui soignaient que ça, alors que son état empirait ; il s'est décidé à venir se soigner en France. Dès qu'il est arrivé, le lendemain matin, il a eu envie d'aller aux toilettes uriner, et dans son urine il y avait du sang. Un peu troublé, il a appelé sa femme qui l'avait précédé en France pour l'assister. On l'a vite amené en urgence à l'hôpital. Après les examens, il a été constaté qu'il avait un cancer des reins qui s'était métastasé. Il n'y avait plus rien à faire pour lui, et il est mort le même jour ou le lendemain. Voilà ce qu'est devenu notre pays.

Et son camarade d'ajouter :

– Regarde un peu ce qu'est devenu ce grand hôpital, l'hôpital principal du pays, un monument ! Il est aujourd'hui dans une condition déplorable, avec une salubrité impensable. Il manque presque de tout ; les dirigeants de ce pays ne s'en offusquent pas, et cela depuis déjà bien des années. Ils ont seulement bien arrangé la morgue pour mieux nous accompagner dans nos dernières demeures. Ils semblent penser que nous ne sommes que des pauvres types et que nous n'avons rien à faire dans ce pays sinon manger la poussière jusqu'à en être ensevelis. Vivants, ils nous ont déjà presque tués et préparent les tombeaux pour nous jeter dedans ; car quand on voit ce que vit le peuple aujourd'hui, la pollution, la famine, l'insalubrité, les épidémies, et même le paludisme qui est devenu un fléau et foudroie aussi facilement, que peut-on dire encore ?!

Et ta'a Matondo compléta :

– Ils pensent certainement que dans leurs luxueuses chambres d'hôpital où ils sont traités admirablement, ils n'emprunteront pas ce chemin de la morgue. Ils sauront mieux se soigner pour vivre et continuer à jouir de leurs biens mal acquis ; et par compassion, ils nous embellissent la morgue. Mais ce qu'ils semblent ignorer, c'est que l'âme est immatérielle et vivra, et quel chemin empruntera-t-elle après, celui de la félicité, de l'angoisse ou de la souffrance ininterrompue, pour payer leur infamie ?

Et ils s'indignèrent tous les deux, puis se donnèrent les nouvelles de leurs familles, ensuite ils se séparèrent.

Ta'a Matondo rejoignit sa famille pour le grand repas. Ma'a Kiminou eut droit à ses compliments. Il lui offrit des bijoux, et son visage s'illumina ; elle le remercia pleinement, et s'empressa de les porter tous : boucles d'oreilles, collier, bracelets, relevant ainsi son charme, et sa beauté fut subliminale. Pour couronner tout ça, il lui offrit une montre et deux pagnes wax à faire coudre avant son retour, suivis d'une paire de chaussure et d'un sac à main assorti avec l'un des pagnes ; sa joie était débordante, elle ne cessait de le remercier. À sa fille aînée, elle offrit une belle robe, une paire de chaussures et une montre. C'était un cadeau qui était en même temps celui de la fin d'année qui s'approchait. L'ambiance était à son comble. Ils se demandèrent comment avait été la journée de chacun. Ta'a Matondo et sa fille, assis de part et d'autre du lit de ma'a Kiminou, encadrant presque cette dernière dont la tête avait été légèrement surélevée par son petit sac d'habits, se mirent à se régaler de leurs mets sous les yeux du bébé qui eut aussi droit à son biberon. Et comme la bonne nourriture entraîne les bonnes causeries, ils se mirent à parler presque de tout et de rien ; ainsi ma'a Kiminou raconta les événements qu'elle avait vécus ce matin-là. Elle les informa que l'infirmier du village était passé, et qu'ils avaient discuté de son hospitalisation et des examens, puis se rappelant d'un fait, elle s'exclama :

– Je ne te le dis pas ! (Une façon d'attirer l'attention de son auditeur sur un fait vécu dont il valait mieux qu'il prenne connaissance.) Pendant que je causais avec notre infirmier, l'infirmière de *madéso ya bana*, celle qui a failli nous ruiner, est venue dans ma chambre, et je ne sais pas pourquoi, mais dès qu'elle m'a vue causer avec l'infirmier - nous donnions certes l'air de très bien nous connaître -, elle est restée un peu surprise devant la porte et elle a vite fait volte-face pour partir comme un éclair. L'infirmier lui tournait le dos. J'ai tout fait pour ne pas éclater de rire. Par contre, je l'ai remercié sincèrement pour son assistance. Il a répondu merci timidement, par humilité. En tout cas, c'est un type très bien.

Chapitre XIV

Le jour du retour au village fut arrêté. Ils l'avaient anticipé. Ma'a Kiminou resta une semaine à la maternité. Elle ne sortit que le vendredi après-midi et passa sa dernière nuit dans la capitale chez le neveu de son mari avant de rejoindre samedi matin le village. Elle était restée en observation pour sa tension qui n'était pas stable.

Ta'a Matondo avait négocié à l'un de ses clients commerçants que le camion les prenne exceptionnellement à domicile avant de ramasser les autres à la gare routière.

Ils se levèrent tôt et dirent au revoir à la maisonnée de l'oncle ; le camion fut là à l'heure convenue. Ils voyagèrent dans un grand soulagement. Ils ne pouvaient pas s'habituer à la pénurie d'eau ni aux coupures d'électricité. Et que dire de la pollution.

Le voyage fut moins long et moins pénible qu'à l'aller. Le camion arriva au village et s'arrêta net à la porte de la maison. Les enfants entendirent le vrombissement du véhicule et se hâtèrent au-devant du domicile ; ils eurent une grande surprise. Ils exultèrent.

Ils reçurent quelques habits de fête comme cadeaux de Noël, des nouveaux matelas, des draps et des couvertures qui remplaceraient les vieux devenus vétustes, mais la présence du bébé à la maison était pour eux plus que tout, leur joie fut grande et débordante. Après cela, ils se précipitèrent au marché pour vendre leurs marchandises, et deux heures après ils les remballèrent, ayant presque tout vendu. Ils avaient des clients précis et fidèles ; s'il y avait un retardataire, il connaissait la porte de leur maison. Ils voulaient bien rester avec leurs parents et auprès du bébé.

L'arrivée de ma'a Kiminou fut annoncée de bouche à oreille, s'amplifiant pendant le marché, et presque tout le village en eut connaissance ; un à un, les villageois vinrent la féliciter et lui souhaiter bon retour, en prenant le temps de contempler le bébé. À la fin du marché, c'était une grande foule qui s'annonçait, presque tout le village ; ma'a Kiminou ne pouvait pas les faire rentrer tous dans la maison. Sur le conseil de son mari, elle sortit avec le bébé par politesse pour les saluer, et ce fut une grande acclamation, et des cris de joie retentirent comme s'ils avaient vu un sauveur. En tout cas, ils furent reçus comme si cet enfant avait un témoignage à livrer à ce village, à son pays, pourquoi pas à son continent, et tout ça, ma'a Kiminou le gardait dans son cœur. Ta'a Matondo, prenant la parole, s'excusa auprès de la foule, disant qu'il n'était pas possible de les laisser voir l'enfant à cause du nombre qu'ils étaient, mais qu'ils pouvaient revenir un à un, et sur ce ils prirent congé de la foule.

Le fameux frère de ma'a Kiminou était au salon en train de boire son *nsamba* ; les acclamations de la foule suivies des cris accueillant ma'a Kiminou et le bébé résonnèrent étonnamment à ses oreilles comme un grondement de tonnerre. Il se précipita à la porte et, surpris, il admira cette liesse à la vue du bébé. Et quand la foule fut renvoyée, le couple rentra à la maison avec le nourrisson. Le petit frère, debout devant la porte, s'écarta pour les laisser passer et dit tout de même à leur encontre :

– Décidément, cet enfant est certainement une délivrance pour ce village, et pourquoi pas pour ce pays. Sa naissance nous a tous ébranlés, et son retour au village a mis tout le monde dans la jubilation.

Assis, il leur raconta comment au réveillon de Noël il y eut une grande ambiance avec tout le village à la maison, comme pour fêter sa naissance, et à son retour de la maternité au réveillon de fin d'année, comme prévoyant une année lumière.

De sa naissance à Magniongui (*qui se plaint*), traversant Yamuéni *(j'ai vu leur désarroi)*, s'arrêtant à Bouétoussa *(sur leur questionnement fataliste)* et séjournant à Kiadi *(il eut pitié)*, il vit ce qui ne pouvait être caché à un esprit libre, innocent et sanctifié : la destruction, la servitude, la pauvreté, l'inconscience, la gabegie, la maladie, la mort et toutes sortes d'abominations, et tout ça asservissait un peuple, son pays. Il pleura en son for intérieur, témoignant ainsi de sa colère pour y remédier et apporter la joie en leur sein, d'où son nom, Kiessé : la joie, la joie de la délivrance, la joie pour une paix abondante. Puis il repartit où il était né, et les habitants de son village natal, assis dans l'ombre de la mort, virent la lumière se lever, la délivrance. Il serait la maison qui luit au loin, la lumière ou le témoignage des peuples.

La maman, entendant cette parole, la conserva précieusement dans son cœur ; c'était un signe dont elle voulait se convaincre, se rappelant sans cesse de son rêve.

Quelque temps après, ils reçurent à leur grande surprise la maman du village et l'infirmier. Ils ne s'attendaient pas à revoir ce dernier sitôt. Elle ignorait qu'il était revenu compter les points ; cependant la maman du village, cette fois-ci, ne se laissa point déborder et encaisser un but par inadvertance, le fait de penser qu'elle pouvait être enceinte la perturbait. Les deux avaient l'air gênés, c'était plus visible encore sur le visage de la maman du village. Ma'a Kiminou s'en aperçut. Elle ne put faire autrement que de l'accompagner sous le regard des autres, par respect, puisqu'il insistait pour voir la famille Matondo.

La causerie alla bon train, et ma'a Kiminou se concentra autour de cette naissance, sans oublier de remercier de nouveau l'infirmier. Le petit frère, gêné par la présence de la maman du village, s'excusa et s'en alla. Les enfants assis non loin de là, dans la salle à manger, participaient des yeux et des oreilles à cette savoureuse causerie dans laquelle le bébé prenait toute la place, et ils faisaient des commentaires entre eux.

Le marché fini, après que certains furent passés voir le bébé et que tous eurent fait une bonne sieste, tout le village se retrouva petit à petit vers seize heures autour du groupe folklorique pour la fête du samedi soir.

À quinze heures déjà, les batteurs de tam-tam réchauffaient à la surface du feu la partie résonnante du tam-tam en cuir de mouton pour mieux la faire résonner ; ils la vérifiaient en le battant, mais dans un rythme connu de tous qui annonçait la couleur : la fête. Il fallait donc se réveiller pour ceux qui ne l'étaient pas encore, s'apprêter et se dépêcher ; puis vers seize heures, la fête battit son plein. Tout le village forma un cercle autour des musiciens. Deux groupes de danseurs se faisaient face. D'un côté les femmes et de l'autre les hommes. Ils animaient la fête. Les deux groupes dansèrent d'abord en trottinant sur place, et quand le coup d'envoi fut donné, un à un de part et d'autre se dégagea de son groupe en suivant l'ordre pour rencontrer son partenaire au milieu et ils dansaient en formant un couple, se frottant parfois pour la plus grande joie de la foule qui s'exclamait, jusqu'à ce qu'ils retournent à leur place, donnant l'occasion à un autre couple de se former au centre et de danser sous les acclamations.

Les habitants de Magniongui s'apprêtaient à vivre une autre grande première : regarder leur chef danser, se réjouir avec eux, une façon de les remercier de leur accueil. Seuls les batteurs et les griots étaient dans la confidentialité.

Il était habillé en tenu de roi faite en raphia : une partie couvrait ses jambes, des hanches jusqu'aux pieds, et l'autre partait en oblique sur sa poitrine, faisant retomber le reste derrière son dos ; c'était la première fois qu'il l'utilisait. Il avait une bande avec des plumes de coq sur la tête, et autour des chevilles et des poignets, il portait des bracelets traditionnels ; dans sa main droite, il tenait un *ntsiata* - un vieux fusil de chasse.

Les griots et les batteurs guettaient son arrivée, et dès qu'ils le virent, ils changèrent brusquement de rythme. Les griots entonnèrent un nouveau chant, perturbant les danseurs ; en même temps, ils firent signe à ces derniers de se mettre un peu plus vers la foule en indiquant qu'aucun ne devait s'avancer au centre. Nul ne devait danser, il leur fallait uniquement battre des mains et chanter de toute leur force ; les villageois laissèrent un passage dans lequel le chef du village s'engouffra, et la foule, le voyant en raphia, fut surprise et eut en même temps une grande joie. De fortes acclamations s'élevèrent, et tous se mirent à chanter à se rompre les cordes vocales. Le chef du village commença à danser. Il sautillait et gesticulait avec le *ntsiata* dans la main, comme un grand guerrier. S'avançant au centre, il se donna davantage dans la gesticulation, mimant un combat contre l'ennemi, et la foule criait de joie et chantait encore très fort. Ma'a Kiminou, laissant un temps le bébé à ses filles, était venue silencieusement, en cachette, ni vue ni connue, se mélangeant dans la foule, et elle vit comment son mari dansait devant ses sujets en grand chef : c'était la première fois qu'elle le voyait ainsi.

Essoufflé, ta'a Matondo sortit, laissant toute la foule en liesse danser ; chacun se trouva une partenaire et même les enfants participèrent. La maman du village n'était pas en reste et l'infirmier ne la quittait pas des yeux ; d'ailleurs, il ne l'avait point quittée de tout l'après-midi. Ils avaient passé cette partie de la journée chez les Matondo, les aidant à préparer la fête en l'honneur de l'arrivée du bébé pour rendre grâce à Dieu, à laquelle les villageois étaient conviés.

Ma'a Kiminou vint se mettre sur ses pas et lui fit des compliments en riant, et ils rirent ensemble, et rentrèrent à la maison.

Ta'a Matondo, après qu'il se fut changé, retourna à la fête, et à la fin, il offrit le *nsamba* à tout le village, le *nsamba* qui se vendait et qu'il avait commandé lui-même.

Ensuite ce fut le grand festin, car ils avaient fait mijoter des moutons et des bœufs, accompagnés d'un grand pot de piment, et avaient volontairement oublié ce jour-là le poisson salé braisé avec des légumes bouillis qui pour cette région ne manquaient à aucun repas. Les maniocs étaient en quantité suffisante. Ils se régalèrent. Ce fut un grand réveillon de fin d'année.

Ta'a Matondo siffla la fin et les remercia, et ils se séparèrent dans la joie. Comme il était tard, l'infirmier ne savait où reposer sa tête. Il en fit part à la maman du village. Cette dernière l'apprit à ma'a Kiminou, et les Matondo l'accueillirent avec joie pour une nuit.

Cet événement replongea ma'a Kiminou dans son songe à propos de cet enfant. Et avant de dormir, allongée sur son lit, elle médita longuement.

Dans ce rêve, il s'agissait d'une compétition, du relais 4 x 100 mètres en athlétisme. Un enfant, qui devait sûrement être son fils, pensait-elle - car elle n'avait pas bien perçu le visage dans le songe - était présent dans cette compétition. Il était à la fois l'autorité responsable en uniforme, comme un policier supérieur qui supervisait le bon déroulement de la compétition en y mettant de l'ordre, retenant la foule pour qu'elle ne dérape pas, et en même temps celui qui donnait le départ de la course comme un arbitre ; il paraissait neutre, mais chose étonnante, et même bizarre, pendant la course elle s'aperçut qu'il était aussi compétiteur. Car après qu'il eut donné le départ, il sembla qu'intérieurement il brûlait pour une équipe qui était certainement celle de son village ou de sa région, ou encore de son pays ou son continent, mais une équipe du territoire de son existence, car il manifestait une attitude un peu désespérée, visible seule à sa mère qui eut le songe. Et quand il vit que son équipe perdait la course, qu'elle était restée loin derrière les autres et qu'en plus on abordait maintenant la dernière ligne, il abandonna toutes ses prérogatives et vint remplacer l'ultime coureur pour le dernier 100 mètres, chose inhabituelle. Dès qu'on lui donna le bâton, le témoin de la dernière étape, il se mit à courir de tout son cœur, de toute son âme, de tout son esprit et aussi de toute sa force pendant que les autres concurrents étaient loin devant lui, trop loin même ; c'était peine perdue, mais il courait, courait à une vitesse folle, et, étonnement, il les dépassa un à un, doublant toujours son allure ; c'était spectaculaire. Au fur et à mesure qu'il les dépassait, les spectateurs se levaient pour voir cet incroyable athlète à la course folle, se demandant s'il produirait un miracle, et tous ceux qui étaient venus encourager leur équipe ou l'équipe représentante de leur village, de leur région ou encore de leur nation, sans parti pris, l'encourageaient maintenant. Avant la ligne d'arrivée, il dépassa de justesse, seulement de justesse, celui qui était en tête, et ce fut la liesse dans la foule, personne ne regretta d'avoir vu son équipe, son village, sa région ou son pays perdre, même ses concurrents ne regrettèrent pas d'avoir perdu, ils lui donnèrent des accolades et l'embrassèrent.

Ma'a Kiminou voyait cette victoire avec bon sens, comme appartenant à tous, un bien pour tous. Elle rééquilibrait les choses, ce qui faisait la joie du peuple. En élevant sa réflexion, elle comprit que, quand l'ordre est bien établi par l'autorité supérieure dans un village, dans une région, dans un pays, ou dans un domaine d'autorité, et que consciencieusement cette même autorité place les institutions sous son œil attentif comme un bon arbitre ou qu'elle prend à cœur son rôle de garant des institutions, elle rend un arbitrage sincère parmi le peuple, et son domaine d'autorité ne peut être que sainement compétitif au bénéfice de tous, à la joie de tous et au bonheur de tous, même pour ses concurrents politiques ou autres, quelles que soient leur origine ou appartenance ethnique, clanique, ou bien quelle que soit leur région. Ainsi, étant l'acteur principal de l'ordre réel dans un arbitrage sincère et total, cette autorité apporte la victoire à tous, au faible, et la délivrance au démuni dans tous les domaines, en sorte que les derniers soient aussi les premiers, c'est-à-dire amenés à bénéficier aussi convenablement des biens du pays. Sa victoire était une victoire pour tous. Et elle semble voir le soleil se lever sur leur peuple assis dans l'ombre de la mort.

Poursuivant sa réflexion, elle se dit que c'était certainement lui, son nouveau-né, qui apporterait la paix pour tous dans le territoire. *Je dois veiller sur cet enfant à l'image d'Anne pour Samuel, d'Élisabeth pour Jean-Baptiste, de Marie pour Jésus, et la volonté de Dieu qui ne faillit point s'accomplira toujours.*

Elle prit ce songe pour une prophétie, et l'enfant dans ses bras, elle se mit à genou, elle prophétisa comme l'avait fait jadis la prophétesse Elisabeth à l'égard de l'enfant Jésus, et aussi à la manière de Simon pour sa nation afin que cet enfant soit réellement la bénédiction des peuples, puis confia l'enfant à Dieu comme Anne l'avait fait pour Samuel afin qu'il grandisse dans sa présence, agissant seulement dans l'intérêt des peuples. Allongée sur le lit, elle dormit en paix le bébé sur son sein ; et ta'a Matondo vint la rejoindre pour ronfler à ses côtés.

L'enfant Kiessé, dans sa traversée du pays, dans son pèlerinage, sentit la déconfiture de celui-ci avant même que ses yeux ne s'ouvrent bien pour s'en indigner, et se poser non pas la question « *Bouétoussa* ? », mais « *Bouénissa* ? » - c'est à dire : « Que dois-je faire maintenant ? » Et l'inspiration lui viendra certainement non des hommes, mais du Dieu de justice, son Père Éternel, qui lui a mis toute la joie, la force, pour en résorber les difficultés. Car les hommes, pour s'imposer politiquement et même humainement recherchent le pouvoir, la domination d'autrui dans le système établi, dans la pensée unique qui amène aujourd'hui plus que jamais les peuples à la dérive.

La naissance de Kiessé n'annonçait-elle pas la fin de la dynastie, et l'avènement d'une justice équitable ?

Romans et nouvelles d'Afrique noire

aux éditions L'Harmattan

Dernières parutions

LE BANQUET DES MARABOUTS
Roman
Aïcha Yatabary
L'endroit où les deux femmes se rendirent cet après-midi là était certainement plus luxueux que le salon de la plupart des clientes, qui dépensaient ici des sommes folles pour avoir un mari, perdre une rivale, avoir un enfant ou obtenir un bon poste. Les marabouts sont les psychologues africains. À la fois les confidents et les accoucheurs de désir de ces femmes désemparées, prêtes à tout pour obtenir gain de cause...
(Coll. Harmattan Côte-d'Ivoire, 15 euros, 148 p., mai 2015)
EAN : 9782343057798 EAN PDF : 9782336382012

LA BAPTÊME DES BAPTISÉS
Roman
Didier Mumengi
Ce roman, à fort ancrage historique, n'est pas une simple évocation du passé. C'est un récit engagé, combinant les attraits de la fiction et de l'information documentaire. D'où venons-nous ? Comment sommes-nous devenus les Congolais d'aujourd'hui ? Quels sont les effets contemporains de l'idée de l'Autre que nous a léguée Mani Soyo, notre ancêtre de Mpinda qui, le tout premier, a posé son regard sur l'Européen en 1483 ?
(Coll. Comptes Rendus, 29 euros, 284 p., mai 2015)
EAN : 9782343064475 EAN PDF : 9782336381473

CARTON ROUGE
Roman
Aymar Dedi
Ce furent des élections fortement controversées. Dans les quartiers généraux des deux favoris, les militants revendiquaient la victoire. Ce fut dans ce climat de méfiance et d'incertitude que les nouveaux dirigeants des Patteloudes prêtèrent serment et prirent fonction. À l'université, les choses avaient radicalement changé. La Force extra-scolaire et estudiantine des Patteloudes régnait en unique maître. Les autres syndicats s'étaient inféodés à celui-ci de gré ou de force... C'était la pensée unique sur le campus.
(Coll. Harmattan Côte-d'Ivoire, 12 euros, 104 p., mai 2015)
EAN : 9782343049335 EAN PDF : 9782336381015

LES EFFETS DES CAUSES CACHÉES
Du nid à l'envol (Tome 1)
Lamine Cissé – Préface de Mamadou Diop «Decroix»
Entre famille et société, entre religion et politique, entre mysticisme et militantisme, entre tradition et études, puis entre Afrique et Europe, mythe

et réalité : c'est constamment entre deux pôles que tout oppose que grandit Karanlang, l'enfant de Casamance, qu'il se construit et construit sa vision du monde. Un monde qu'il quittera, puis retrouvera, et, parce que les voyages forment la jeunesse, verra avec d'autres yeux.
(Coll. Harmattan Bénin, 33 euros, 440 p., mai 2015)
EAN : 9782343046242 EAN PDF : 9782336381145

LES EFFETS DES CAUSES CACHÉES
Le pigeon voyageur de l'intégration (Tome 2)
Lamine Cissé
L'atterrissage forcé est rude pour Karanlang mais son ambition l'entraîne loin des sentiers battus, à la découverte de son continent fantasmé et de ses dures réalités. Alors qu'il sillonne l'Afrique à la poursuite de son rêve, c'est son idéal qui le gardera de la désillusion et du cynisme, lui permettra de garder le cap et de rester fidèle à ses engagements d'adolescent, en faisant de lui un acteur de l'intégration africaine, à l'instar de ses héros : Kwame Nkrumah, Thomas Sankara et autres.
(Coll. Harmattan Bénin, 31,5 euros, 416 p., mai 2015)
EAN : 9782343046259 EAN PDF : 9782336381152

ÉMIGRÉS DE L'INTÉRIEUR
Qui ose m'épouser ? (Tome 1)
M.S. Yansané
De retour en République du Syli, son pays d'origine, Sory espère rencontrer l'âme sœur, avec laquelle il repartirait en Amérique. Mais il est confronté à deux problèmes majeurs : il doit reconquérir sa place au sein d'une famille dont les valeurs ont muté sous l'effet de la pauvreté, et il doit s'accommoder du caractère unitaire de la gouvernance dans un pays où il est considéré comme un «diaspo», jargon péjoratif qui désigne les émigrés de l'intérieur.
(Coll. Harmattan Guinée, 30 euros, 298 p., mai 2015)
EAN : 9782336309781 EAN PDF : 9782336375977

ÉMIGRÉS DE L'INTÉRIEUR
Le survivant (Tome 2)
M.S. Yansané
Le Survivant est une histoire d'amour filial entre un père et son fils. En treize années de cavale, Sory n'a jamais rencontré une personne douée de la capacité d'endurance du Nyalama, qui incarne aux yeux de son fils l'homme fort de l'ancien Ségou. Mais alors, pourquoi Sory envisage-t-il de rejeter la succession d'un homme qu'il admire tant ?
(Coll. Harmattan Guinée, 32 euros, 316 p., mai 2015)
EAN : 9782336309774 EAN PDF : 9782336375984

ENFIN ÉCLOS D'UN VASE CLOS
Roman
Jean-Pierre Eyanga Ekumeloko
Les parents de Ningaye et Anda ont divorcé quand ils avaient deux et quatre ans. Après la mort de leur grand-mère paternelle qui s'occupait bien d'eux, ils vont connaître beaucoup de moments difficiles en allant vivre chez les membres de la famille. Anda subira des abus et aura à vaincre plusieurs obstacles pour rejoindre Ningaye auprès de leur mère, Imba. Intelligent et plein d'ambition, ce dernier

rencontrera d'autres défis qu'il relèvera jusqu'à l'université, où il s'épanouira enfin.
(Coll. Écrire l'Afrique, 19,5 euros, 210 p., mai 2015)
EAN : 9782343059419 EAN PDF : 9782336379326

FANTASIA
Bienvenue à Paris, France, Europe
Jeanne-Louise Djanga
Rêves, désillusions... ? Le bonheur, ce n'est pas toujours d'avoir ce que l'on veut. Parfois, pour être heureux, il faut refuser la facilité, renoncer à certains rêves et accepter de se battre contre soi-même d'abord, puis contre les autres, en ayant, pour allié fidèle, le temps.
(Coll. Harmattan Cameroun, 21 euros, 246 p., mai 2015)
EAN : 9782343064055 EAN PDF : 9782336381237

LE FILS DE HANNA NGALE
Paul Vincent Nlepe Mbama – Préface de Vincent Nlebe Dime
Trois ans après sa naissance, Bimo sera enlevé par une inconnue, Hanna Ngale. Sous la bannière de cette étrangère et durant seize ans, extirpé de son environnement culturel d'origine, l'infortuné sera soumis à un endoctrinement alliant à la fois xénophobie et sournoiserie. Par voie de conséquence, il sera au fil du temps confiné dans le répertoire «d'enfant pas comme les autres» et sa vie n'aura d'égale que celle d'un paria.
(Coll. Harmattan Cameroun, 12 euros, 98 p., mai 2015)
EAN : 9782343060040 EAN PDF : 9782336381404

JE DANSERAI POUR TOI CE SOIR
Roman
Lottin Wekape
Un enseignant introverti, fou amoureux de sa voisine mais trop timide pour lui déclarer sa flamme, se convertit en voyeur... Deux chats foudroyés par les redoutables flèches de Cupidon se jurent un amour éternel... Voici le tableau captivant que nous propose l'auteur. En toile de fond, une jeune fille découvre sa véritable identité le jour de ses 24 ans et opère un voyage initiatique au pays de ses traumatismes. La quête des origines est au cœur de l'écriture de ce roman.
(Coll. Encres Noires, 21 euros, 220 p., mai 2015)
EAN : 9782343059488 EAN PDF : 9782336376943

LE PAPILLON BIZANGO
Roman
Michel A. Ducray
Ce roman historique et policier raconte comment l'enquête du commissaire Malborne pour confondre des assassins d'enfants, le mène sur les traces de la diaspora haïtienne issue de l'éphémère roi d'Haïti, Henry Ier Christophe, et de Macandal, le premier esclave noir de l'île de Saint-Domingue à s'être révolté contre les colons blancs en 1758. Macandal, avant de périr sur le bûcher, avait fait prêter à son fils un serment épouvantable qu'il devait transmettre à sa descendance... La légende dit que l'âme de Macandal s'échappa des flammes sous la forme d'un papillon multicolore...
(27 euros, 326 p., mai 2015)
EAN : 9782343060996 EAN PDF : 9782336375816

SOUNDIATA KEÏTA
Le lion du Manden
Raphaël Chauvancy
Au XIIIe siècle, le royaume du Manden, situé au cœur de l'Afrique occidentale, connaît des troubles qui conduisent à l'exil son héritier légitime, Soundiata. Il sera pourtant rappelé par son peuple pour affronter le roi sosso Soumangourou Kanté et, au terme d'un long combat, fondera l'empire du Mali. Inspiré de l'épopée séculaire de Soundiata Keïta encore chantée par les griots maliens, ce roman donne vie et profondeur aux personnages mythiques de la légende.
(Coll. Romans historiques, 19 euros, 208 p., mai 2015)
EAN : 9782343059204 EAN PDF : 9782336377209

SOUVENIR D'UNE DESTINÉE MANQUÉE
Roman
Zacharie Kone
Ai-je choisi de vivre dans une famille pauvre ? «Non, c'est simplement parce que tu es l'élu qui la sortira de la pauvreté», m'avais-tu répondu. Aujourd'hui, je crois que vivre c'est à peu près comme aller en guerre. On doit s'attendre à tous les coups. Le plus important est qu'il faut savoir refuser à la vie, la vie qu'elle nous exige de vivre. Mais plutôt lui imposer la vie que l'on souhaite vivre.
(Coll. Harmattan Côte-d'Ivoire, 16,5 euros, 158 p., mai 2015)
EAN : 9782343063287 EAN PDF : 9782336381572

ALBA
Des ténèbres vers la lumière - Roman
Mame Marie Diop Kone
Parce que certaines erreurs sont impardonnables, Nayma payera le prix chaque soir en arpentant les ruelles mal éclairées de Dakar pour survivre et/ou s'autodétruire en s'adonnant à la prostitution. La vie désormais peu précieuse à ses yeux et flirtant continuellement avec le danger, elle finira souvent ses nuits dans les bras faussement réconfortants du diable. Cependant, au petit matin son âme ne fera que lui réclamer le droit à une seconde vie.
(Coll. Écrire l'Afrique, 11,5 euros, 90 p., avril 2015)
EAN : 9782343051826 / EAN PDF : 9782336374871

CELUI QUI VOULAIT ÊTRE ROI
L'Afrique, terre des esprits - Roman
Éric Bouveresse
Ce roman raconte l'errance d'un personnage qui voyage entre deux cultures, européenne et africaine, qui se meut entre deux mondes, celui des vivants et celui des ancêtres, qui sera en quête de reconnaissance et cherchera à se rapprocher de son père, sur le territoire des esprits, des sorciers d'Afrique de l'Ouest et centrale.
(Coll. Écrire l'Afrique, 19,5 euros, 218 p., avril 2015)
EAN : 9782343051925 / EAN PDF : 9782336373898

L'HARMATTAN ITALIA
Via Degli Artisti 15; 10124 Torino
harmattan.italia@gmail.com

L'HARMATTAN HONGRIE
Könyvesbolt ; Kossuth L. u. 14-16
1053 Budapest

L'HARMATTAN KINSHASA
185, avenue Nyangwe
Commune de Lingwala
Kinshasa, R.D. Congo
(00243) 998697603 ou (00243) 999229662

L'HARMATTAN CONGO
67, av. E. P. Lumumba
Bât. – Congo Pharmacie (Bib. Nat.)
BP2874 Brazzaville
harmattan.congo@yahoo.fr

L'HARMATTAN GUINÉE
Almamya Rue KA 028, en face
du restaurant Le Cèdre
OKB agency BP 3470 Conakry
(00224) 657 20 85 08 / 664 28 91 96
harmattanguinee@yahoo.fr

L'HARMATTAN MALI
Rue 73, Porte 536, Niamakoro,
Cité Unicef, Bamako
Tél. 00 (223) 20205724 / +(223) 76378082
poudiougopaul@yahoo.fr
pp.harmattan@gmail.com

L'HARMATTAN CAMEROUN
BP 11486
Face à la SNI, immeuble Don Bosco
Yaoundé
(00237) 99 76 61 66
harmattancam@yahoo.fr

L'HARMATTAN CÔTE D'IVOIRE
Résidence Karl / cité des arts
Abidjan-Cocody 03 BP 1588 Abidjan 03
(00225) 05 77 87 31
etien_nda@yahoo.fr

L'HARMATTAN BURKINA
Penou Achille Some
Ouagadougou
(+226) 70 26 88 27

L'HARMATTAN SÉNÉGAL
10 VDN en face Mermoz, après le pont de Fann
BP 45034 Dakar Fann
33 825 98 58 / 33 860 9858
senharmattan@gmail.com / senlibraire@gmail.com
www.harmattansenegal.com

L'HARMATTAN BÉNIN
ISOR-BENIN
01 BP 359 COTONOU-RP
Quartier Gbèdjromèdé,
Rue Agbélenco, Lot 1247 I
Tél : 00 229 21 32 53 79
christian_dablaka123@yahoo.fr

Achevé d'imprimer par Corlet Numérique - 14110 Condé-sur-Noireau
N° d'Imprimeur : 713884 - Avril 2017 - Imprimé en France